Marion Jerschowa

Wind aus Ost

Marion Jerschowa

Wind aus Ost

Erzählungen zwischen zwei Welten

Verlag Styria

Bei diesen Texten handelt es sich um
frei erfundene Geschichten.
Etwaige Ähnlichkeiten mit lebenden Personen
sind unbeabsichtigt.

Die Deutsche Bibliothek – CIP-Einheitsaufnahme
Jerschowa, Marion:
Wind aus Ost : Erzählungen zwischen zwei Welten /
Marion Jerschowa. – Graz ; Wien ; Köln :
Verl. Styria, 1991
ISBN 3-222-12072-2

Printed in Austria
Umschlaggestaltung: Zembsch'Werkstatt, München
Satz: Druck- und Verlagshaus Styria, Graz
Druck und Bindung: Ebner Ulm
ISBN 3-222-12072-2

Inhalt

Die Birke

Das Land: Felder, Wälder, Wiesen; Buschreihen, die die freien Flächen voneinander trennen und die Grenzen zwischen den Staatsgütern markieren, Lichtungen voll Beeren und Pilzen, Wege, wie man die beliebig durchs Gelände gezogenen Fahrspuren großartig nennt, die sich in Sümpfen verlieren und bei Regen in knietiefen Morast verwandeln, Klöster, oder was davon übrig blieb, Schutthaufen, aus denen Kirchtürme ragen, Kolchosgebäude mit schiefen Türen, fehlenden Scheiben und verrostetem Gerät davor.

Die Erde: braune, gelbe, grüne Erde, blühende, reifende, welkende Erde, vergessene Weiler, seufzende Menschen, hungriges Vieh ... Wer hat sie verloren, ausgesetzt in dieser uferlosen Weite, die sich Heimat nennt, hingeworfen unter einen Himmel, der an Bläue, Tiefe und Wolkenszenerien seinesgleichen nicht hat?

Der Baum: einsam, als habe er in der weißstämmigen Gemeinschaft der Dorfbirken nichts zu suchen, welkt er hinter den letzten Hütten dem Ende seiner Tage entgegen, selbst einem jener siechen Weiblein ähnlich, die dort zum Teich humpeln, um auf dem morschen Steg ihre Wäsche zu waschen. Und doch kann es geschehen, daß er an klaren Herbsttagen eine überirdische Pracht entfaltet und diese alten Leutchen andächtig vor ihm verharren. Ein Blinder sei an dieser Stelle sehend geworden, heißt es nämlich im Dorf, aber das sei lange her und, wie der Ortsvorsteher verächtlich behauptet, ein lächerliches Märchen, und wenn man ihn so schimpfen hört, hat man den Eindruck, als wolle er die Birke am liebsten mit den eigenen Händen ausreißen; mag sein, daß er recht hat, aber die Erinnerung an die heimlichen Begegnungen in ihrem Schatten, die ersten Küsse, die lassen sich die alten Weiblein nicht ausreden. Wie hieß der eine damals doch? Wasja? Wanja? ...

Das Dorf: eines von den zahl- und namenlosen, die, auf keiner Landkarte verzeichnet, hinter dem nächsten Wald schon niemand mehr kennt. Eigentlich kein Dorf, sondern die bloße Aneinanderreihung roher, halb im Boden versunkener Blockhütten – romantisch allein für die wenigen Städter, die, ihrer Hochhäuser müde, hier bestenfalls ein paar Sommerwochen durchhalten. Nur ihre Umrisse sind hinter den kaputten Lattenzäunen entlang einer mit Schlaglöchern übersäten nackten Schneise auszumachen, die sich stolz Oktoberprospekt nennt und auf die sich höchst selten ein scheppernder Lastwagen verirrt. Meist, das heißt, wenn überhaupt, rumpeln Pferdefuhrwerke darüber, doch in der Hauptsache dienen die Wiesenstreifen zu beiden Seiten den Privatkühen, Privathühnern, Privatschafen und Privatziegen der Dorfbewohner als leicht überschaubarer Weidegrund. Selbst Fußgänger sind hier ein Ereignis, das hinter den verhängten Fensterchen der Hütten mißtrauisch beobachtet wird: Von Zeit zu Zeit watschelt eine Babka mit dem Joch zum Brunnen, den die Fuhrwerke in scharfem Bogen umfahren, oder die Babka Dusja huscht zur gegenüber wohnenden Tjotja Mascha, oder der besoffene Fedja martert den Kinderwagen durch die Gärten hinaus aufs Feld, um den einzigen Nachwuchs der Gegend ein wenig zu beschäftigen. Die übrigen Dorfbewohner verlassen das Haus nach hinten durch den Garten, wenn sie sich morgens auf den kilometerlangen Weg zur staatlichen Rinderfarm machen, wo sie sich als Melkerinnen, Traktoristen oder Buchhalter die Rubel verdienen, die sie nirgends ausgeben können. An den Feiertagen allerdings, wenn auch nur zur Pilz- und Apfelzeit, im Herbst also, da geht es etwas lebendiger zu, da erinnern sich die in die Stadt abgewanderten Jungen ihres Dorfes. Mit Kind und Kegel kommen sie entweder auf einer gemieteten Karre oder gar mit dem privaten Automobil übers Feld geholpert, ungeachtet der Wintersaat, die dort schon sprießt. Mit einem Eifer, der ihnen in ihrem Arbeitsalltag fremd ist, machen sie sich über den elterlichen Garten her, pflücken Bäume und Sträucher leer, plündern die Wälder ihrer Kindheit und empfehlen sich, beladen mit Rucksäcken und Körben, bis zur nächsten Saison. Die zurückgelassenen Alten schaffen seufzend und ein paar Tränen zerdrückend die Strohsäcke, die den Besuchern als Lagerstatt gedient haben, wieder in den Schuppen, verräumen die Spielsachen der Enkelkinder und rücken kummervoll die Bilder ihrer Lieben auf der Kommode zurecht. Im Grunde sind sie das Alleinsein gewöhnt, sie sehen ja ein, daß die Stadt den Jungen mehr zu bieten hat als die Kolchose, mit der sich, wenn man's recht bedenkt, eigentlich niemand hier anfreunden hat können. Die Stille ist nur ein wenig zu plötzlich über sie hereingebrochen. In solchen Augenblicken sind ihnen die aus der Stadt mitgebrachten Kostbarkeiten ein kleiner Trost: der emaillierte Teekessel, der hübsche Kleiderstoff, das wachsleinerne Tischtuch, die Kernseife zum Wäschewaschen – Waschmittel haben sich nämlich hier noch nicht herumgesprochen –, die Rheumasalbe, der Tee, der nach was schmeckt, die Schere, die auch schneidet, die Gewürze zum Einlegen von Gurken und Pilzen, die Filzpatschen, die Nähnadeln, vor allem aber die paar Kilo Germ, mit der sie endlich wieder ihr Braga brauen können, dieses berauschende Gesöff, mit dem das Leben für ein paar kurze Augenblicke wieder lebenswert scheint.

So also dämmert es dahin, dieses Dorf, das von der gerade fertiggestellten Autostraße ebensoweit entfernt ist wie von den schwindelerregenden Errungenschaften von Wissenschaft und Technik, von denen sie im Radio immer reden, dämmert es seinem Untergang entgegen: Wo wer wegstirbt, sterben auch Haus und Garten mit, reißt der Verfall Lücken in die Häuserreihen entlang des Oktoberprospekts, der von Jahr zu Jahr mehr dem schadhaften Gebiß eines Greises gleicht. Immer größer werden die Entfernungen von Haus zu Haus, immer ungehemmter pfeift der Wind durchs Dorf, und immer mehr Babkas müssen sich auf ihre alten Tage von der gewohnten Nachbarschaft nebenan auf die Nachbarschaft gegenüber umstellen. Wie gestrandete Schiffe ragen die Überreste der einstigen Wohnstätten aus einem Meer von Brennnesseln und Unkraut, Inselchen seufzenden Überlebens, Mahnmale der Vergänglichkeit.

Wenn die Babka Rosa also kein Salz im Haus hat oder sich was Wichtiges von der Seele reden muß, dann geht sie nicht mehr nach rechts oder links wie früher, sondern über die Straße zur Tante Mascha, mit der sie ihr ganzes Leben lang spinnefeind war, weil die ihr einmal vor irgendeinem dieser schrecklichen Kriege die Kuh heimlich gemolken hat. Und seit die Schule, ein noch gut erhaltener, sogar frisch gestrichener, wenn auch etwas verzogener Holzbau, das einzige einstöckige Gebäude des Dorfes und Stolz der Bezirksparteileitung, zugesperrt wurde, weil es keine Schüler mehr gab, ist es überhaupt so still geworden wie auf einem Friedhof, so daß sich mancher Bewohner schon bei Lebzeiten im Jenseits glaubt. Da hilft auch das kleine Flugzeug des Staatsguts nichts, ein klappriger Doppeldecker, der, angeschafft für Düngung, Aussaat und Schädlingsbekämpfung, auch zu Zeiten, in denen es nichts zu düngen, säen oder bekämpfen gibt, mit ohrenbetäubendem Lärm diese Grabesstille zerpflügt und die Menschen daran erinnert, daß sie ja doch in einem Zeitalter des schwindelerregenden Fortschritts leben, da helfen auch die neuen Gesichter nichts, die vor einiger Zeit im Dorf aufgetaucht sind.

Es waren ganz bestimmte Gründe, die den Moskauer Maler dazu bewogen hatten, sich mit seiner Familie auf dem Lande niederzulassen. Einerseits tat seinen ewig verkühlten Kindern die frische Luft gut, andererseits war er als freischaffender Künstler nicht an die Stadt gebunden, an seine ohnehin zu enge Wohnung, in der er zwischen Kochtöpfen und nassen Windeln Ikonen restaurierte oder phantastische Landschaften auf seine Leinwand zauberte. Darüber hinaus erhoffe er sich von einem naturnahen Leben neue Inspiration und schöpferische Kräfte, erklärte er den erstaunten Dorfbewohnern, denen sowas schon gar nicht in den Kopf wollte, wie man sich freiwillig in ihre Einschicht begeben konnte, und so erzählte es auch seine Frau überall herum, denn den wahren Grund, nun, den verschwieg man lieber. Von den schiefen Blicken der Nachbarn und Freunde zu Hause hatte man nämlich genug.

Die Wahrheit: Die Frau des Malers war in den Augen der Obrigkeit mit einem unverzeihlichen Makel behaftet. Ihr Vater war während des Krieges, kurz nach ihrer Geburt, wie so viele seiner eingerückten Landsleute, in Gefangenschaft geraten und hatte das Kriegsende im

Ausland erlebt. Er weigerte sich jedoch, ins Vaterland zurückzukehren, da man wußte, daß der Großteil der Heimkehrer als mutmaßliche Kollaborateure zu langjähriger Lagerhaft verurteilt, manchmal auch gleich erschossen wurden. Außerdem glaubte er aufgrund einer irrtümlich oder mit Absicht gefälschten Nachricht Frau und Tochter bei einem Bombenangriff umgekommen. Er schlug sich nach Amerika durch, machte Karriere und wurde ein reicher Mann. Doch das Schicksal seiner Familie ließ ihm keine Ruhe. Seine Nachforschungen ergaben schließlich, daß Frau und Tochter tatsächlich lebten, und viele Jahre nach dem Krieg gelang es ihm endlich, Kontakt mit ihnen aufzunehmen. Seine Frau hatte wieder geheiratet und wollte als linientreues Parteimitglied nichts mit diesem Imperialisten und Nichtheimkehrer zu tun haben. Seine Tochter dagegen machte eine wundersame Wandlung von der aufrechten Komsomolzin, die mit offizieller Billigung Kontakt mit dem Volksfeind pflegte, um diesen ins Netz des Staatssicherheitsdienstes zu locken, zur begeisterten Tochter eines reichen Kapitalisten durch, der sie nicht nur mit vielen Paketen bedachte, sondern ihr ellenlange Briefe schrieb, in welchen er ihr vom goldenen Westen vorschwärmte und ihr andeutete, daß er sie sehnsüchtig dort erwarte. Trotzdem wagte sie zu dieser Zeit nicht einmal daran zu denken, seine Einladung anzunehmen. Das änderte sich erst, als sie den Maler heiratete.

Die Mutter des Malers, eine hysterische kleine runde Frau mit betont patriotischer Gesinnung und aristokratischen Allüren – sie liebte es, französische Ausdrücke in ihre Rede einzuflechten und bei jeder Gelegenheit auf ihr kultiviertes Elternhaus hinzuweisen –, nahm diese suspekte Beziehung, die ihre von vornherein unsympathische Schwiegertochter mit dem Ausland pflog, zum

Anlaß kühler Distanz und gelegentlicher giftiger Bemerkungen über deren Vater, diesen Überläufer und Handlanger des CIA. Vergeblich versuchte der liberal denkende Sohn die Mutter umzustimmen, zu vermitteln. Nach endlosen Debatten, Drohungen und hysterischen Szenen, die in Schreikrämpfen und Ohnmachtsanfällen der Alten gipfelten, weil er sich nicht von dieser Spionin und Hure, die sein Talent und seine Karriere zerstört habe, lossagen wollte, brach er die Beziehungen zu seiner Mutter ab und überredete seine Frau, auszuwandern.

Natürlich war das Zerwürfnis nicht der alleinige Grund für diesen Entschluß. In einer Zeit, in der die staatliche Bevormundung immer noch weit über die Schmerzgrenze eines denkenden Bürgers hinausging, stellte so mancher eines Tages erschrocken fest, daß sich die Freundeskreise gelichtet hatten wie die Baumkronen im Herbst. Ganz unmerklich war das geschehen. Erst waren es Gerüchte gewesen, daß sich dieser oder jener prominente Künstler in den Westen abgesetzt habe, dann waren es auf einmal die Bekannten von Bekannten, später die Bekannten selbst und schließlich die besten Freunde gewesen, die sich überraschend verabschiedeten.

In dieser Zeit des allgemeinen Aufbruchs also, in der es dank des Tauwetters in den Beziehungen der beiden Erzfeinde Ost und West erstmals möglich war, die Einladungen ausländischer Verwandter anzunehmen, verließen die Unzufriedenen das Land in solchen Scharen wie die Ratten ein sinkendes Schiff. Da sah auch der Maler den Augenblick zum Handeln gekommen. Er hatte es satt, sich für einen Hungerlohn für propagandistische Bühnenspektakel herzugeben und mit seinen künstlerischen Ideen abzublitzen, weil sie nichts mit der vom Staat verordneten Wirklichkeit zu tun hatten. Dort aber, in diesem sagenhaften Land Amerika, da wartete man auf ihn, war er willkommen mit seiner Botschaft, seinen Bildern. So jedenfalls schrieben ihm die immer zahlreicher werdenden Emigranten von drüben. Und also stellte er für sich und seine Familie einen Ausreiseantrag.

Entschlüsse dieser Art wurden nicht leichtfertig gefaßt. Man wußte, daß man sein Vaterland für immer verließ und mit ihm seine Vergangenheit abstieß wie einen kranken, durch keine Operation mehr zu heilenden Teil seines Körpers – einen Finger, eine Hand, einen Fuß. Man traf sie mit der Hoffnung auf eine schmerzfreie Zukunft, eine bessere Welt. Entschlüsse dieser Art konnten, in die Tat umgesetzt, aber auch bittere Enttäuschungen bedeuten: Man war fremd, hatte Heimweh, scheiterte. Vor allem waren solche Entschlüsse sehr heimtückisch, denn sie waren ein Delikt, das keiner Ausführung bedurfte, um geahndet zu werden.

Mit anderen Worten, der Maler wurde entlassen, noch ehe er die für sein Ansuchen erforderlichen Dokumente beisammen hatte. Nach mehrmonatiger Wartefrist teilte man ihm lakonisch mit, daß sein Antrag abgelehnt worden sei, weil seine Mutter Einspruch erhoben habe. Von einer Wiedereinstellung beim Theater war jedoch keine Rede mehr.

Das ist nur ein Vorwand, sagte seine Frau. Der wahre Grund ist mein Vater. Aber wir geben nicht auf, wir werden berufen. Ich habe gehört, daß solche Bescheide schon zurückgenommen wurden. Es gibt andere Instanzen. Wir schreiben an das Zentralkomitee. Wir schreiben an den amerikanischen Präsidenten. Wir schalten die westliche Presse ein! ...

Sie schrieben also an das Zentralkomitee, schrieben an den amerikanischen Präsidenten und schalteten die westliche Presse ein, und darüber vergingen nicht mehr

Monate, sondern Jahre. Aus Amerika kamen ungehaltene Briefe, der ferne Vater konnte nicht begreifen, wieso nichts weiterging, wie oft solle er denn noch die für die Kinder gedachten Kleider neu kaufen, die doch sicher schon wieder zu klein geworden seien, ja, und das Haus, das auf sie alle warte, wie lange würde es noch leerstehen, vielleicht wollten sie gar nicht ausreisen, vielleicht führten sie ihn nur an der Nase herum, ja, und was geschehe eigentlich mit den vielen Sachen, die er ihnen schicke, wieso könnten sie sich noch immer nichts leisten, in Amerika wären sie schon längst Millionäre, und außerdem, und überhaupt ...

Ich habe das Warten satt, beschloß Marina, die Frau des Malers, eines Tages. Wir gehen aufs Land!

Marina war eine große, stattliche Person mit aparten Gesichtszügen und ausladenden Hüften, die ihrer Figur die Form einer roten Rübe gaben. Energisch, zielbewußt, zungenfertig, war sie eine echte Lebenskünstlerin, die schon immer auf großem Fuß gelebt und es meisterhaft verstanden hatte, sich Dinge zu leisten, die sie sich bei dem kümmerlichen Gehalt ihres Mannes eigentlich nicht leisten konnte: ein Auto, eine Kosmetikerin und eine Masseuse, die beide abwechselnd ins Haus kamen, mehrmonatige Sommeraufenthalte im Süden und vieles andere mehr. Nichts konnte sie erschüttern, und wenn sie verzweifelt war, weinte sie nicht, sondern schimpfte und fluchte, daß selbst den abgebrühtesten Vertretern der Arbeiterklasse die Spucke wegblieb. Und alle Probleme schienen ihr nur dazu zu dienen, um sich umso vehementer und trickreicher darüber hinwegzusetzen.

Ihre Hauptbeschäftigung war das Geldauftreiben. Wie sie das anstellte, war vielen ein Rätsel. Das Auto hatte ihr angeblich der Stiefvater vermacht, manche Beträge kamen angeblich von der Mutter, mit der sie bekanntlich auf Kriegsfuß stand, andere aus Transaktionen mit den Klamotten aus Amerika, aber eigentlich verdiene sie blendend mit ihren Näharbeiten, behauptete sie, seit ihr der Vater eine Nähmaschine geschickt habe. Fest stand, daß sie ein florierendes Geschäft mit Topflappen aufgezogen hatte, die man ihr buchstäblich aus dieser amerikanischen Maschine riß.

Die Entdeckung dieser Marktlücke war purer Zufall: In einem der Pakete des Vaters war so ein hübsches Ding gewesen, das sie in Unkenntnis seines Verwendungszwecks für einen originellen, aber unpraktischen Waschlappen gehalten hatte. Eine ausländische Freundin, die sich nicht genug über solche Rückständigkeit wundern konnte, klärte sie auf, und da begann Marina eben Topflappen in allen Größen und Formen zu nähen und überall herumzuerzählen, daß es sich dabei um garantiert amerikanische Erzeugnisse handle.

Mit der Nähmaschine und der Absicht, den ganzen Süden des Landes, vom Kaukasus bis zur Krim, mit Topflappen zu versorgen, war sie auch ans Meer gereist, wo sie sich eine Besserung der Gesundheit ihrer asthmatischen Kinder versprach. Hier aber mußte sie feststellen, daß man mit solchem Firlefanz nichts anzufangen wußte. Schürzen, Kleider, Blusen, ja, das war gefragt, und so zog sie eben in kürzester Zeit eine improvisierte Maßschneiderei auf, obwohl sie nie richtig nähen gelernt hatte.

Selbstverständlich war sie auch Kundin im Pfandleihhaus, einer überaus populären und wichtigen Einrichtung, die von gewissen Bevölkerungsschichten mit einer Regelmäßigkeit frequentiert wurde, daß man sich fragte, woher die Leute all die Sachen zum Versetzen nahmen. Auch bei Marina mußte man sich diese Frage stellen, und auch hier war sie unerreicht. Sie versetzte einfach alles, was immer sich an Versetzbarem auftreiben ließ: heute die letzten Goldrubel der Großmutter, morgen den Schmuck, den ihr eine verreiste Freundin zur Aufbewahrung anvertraut hatte, dann wieder das unter einem Vorwand geborgte Silberbesteck der Nachbarin oder die im Süden gesammelten gefälschten Antiquitäten. Und wenn das letzte Stück versetzt war, begann sie mit dem Auslösen des ersten Stücks, zu welchem Zweck für einige Stunden die entsprechende Summe aufgetrieben werden mußte, um das Stück auszulösen, es heimzutragen, dem Besitzer unter die Nase zu halten zum Beweis, daß es noch existierte, und es dann zurückzubringen und erneut für die nächste Frist zu versetzen.

Das mit dem Landleben war also Marinas Idee: Dort lebt sich's billig, die frische Luft, keine Scherereien mit den Behörden wegen deines angeblich parasitären Lebenswandels, keine giftigen Kommentare der Nachbarn über die vielen amerikanischen Geschenke, vor allem aber Ruhe und Platz zum Arbeiten. Dort warten wir ab, von dort geht's direkt nach Amerika, du wirst sehen! ...

Die erwähnte Nähmaschine durfte natürlich im Übersiedlungsgut nicht fehlen, sie war sozusagen das zentrale Stück, ohne das eine Ortsveränderung der Familie undenkbar war, und rangierte an Wichtigkeit weit vor Staffelei und Malkasten, der brotlosen Kunst ihres Mannes also. Selbstverständlich ging auch diese Rechnung auf: Die alten Weiber im Dorf gerieten beim Anblick dieses Wunderwerks der Technik in helle Aufregung, denn daß man mit dem gleichen Strom, mit dem man eine Lampe zum Leuchten bringt, in Sekundenschnelle eine Naht verfertigen konnte, das ging über ihre Fassungskraft, und natürlich regnete es Bestellungen. Hier auf dem Land waren allerdings weder Topflappen noch Modisches gefragt, sondern Hauskittel, so ein Mittelding zwischen Kleid und Schürze, und auch die Entlohnung konnte sich sehen lassen: Eier, Erdäpfel, frische Milch, selbstgemachter Topfen, ja sogar manchmal ein Huhn, alles Dinge, denen man in der Stadt meist vergeblich nachjagte.

Die Umstellung der Produktion verlief problemlos, die Kittel konnten nach einem unkomplizierten Einheitsschnitt beinahe im Fließbandverfahren hergestellt werden, und in Kürze lief nicht nur das ganze Dorf, sondern auch die fernere Umgebung in Marinas Modellen herum. Bloß die Stoffbeschaffung bereitete einiges Kopfzerbrechen. Der Maler wurde immer häufiger in die Hauptstadt abkommandiert, wo er tagelang nichts anderes tat, als die leeren Geschäfte abzuklappern und Schlange zu stehen. Und wenn er dann erschöpft im Dorf ankam, dann hieß es kochen und putzen, weil seine Frau ja zu nähen hatte.

Zum Teufel! begehrte er eines Tages auf. Wann läßt du mich endlich malen?

Aber du siehst doch, daß ich bis zum Hals in Arbeit stecke. Wenn ich schon die Familie ernähre, dann kannst du dich wenigstens um den Haushalt kümmern. Malen kannst du immer noch daneben!

So versteh doch, daß ich Ruhe brauche und Zeit. Viel Zeit ...

Jetzt, zum Beispiel, hast du Zeit. Du sitzt den ganzen Vormittag nur herum und starrst in die Luft!

Ich kann mich nicht konzentrieren. Dauernd kommen irgendwelche Weiber und wollen was!

Und warum gehst du nicht hinaus in die Natur? Dort stört dich niemand.

Bist du wahnsinnig? Bei diesem Sturm!

Und wohin, bitte schön, soll ich mit meiner Nähmaschine, damit du malen kannst?

Geh zum Teufel!

Was? Was hast du gesagt?!

Du hast schon richtig verstanden. Du gehst mir mit deiner stumpfsinnigen Näherei auf die Nerven! Du scheinst dir wahnsinnig wichtig damit vorzukommen, als gesellschaftlicher Mittelpunkt in diesem Drecksnest, als Nabel der Welt! Wir wissen doch sowieso nicht mehr, wohin mit dem stinkenden Sauerkraut, den fauligen Gurken und Karotten, die sie uns nachschmeißen. Überall Einmachgläser – auf den Kästen, unter dem Bett! ... Wir sind hergekommen, daß ich male, und nicht, daß ich deinen verlotterten Haushalt besorge, während du mit diesen Analphabeten tratschst!

Aber das gehört doch dazu, du weißt doch, wie ekelhaft sie am Land zu den Intellektuellen aus der Stadt sein können!

Du und intellektuell – daß ich nicht lache!

Jetzt reicht's mir aber, du Mistkerl, du ausgekochtes Scheusal, du Parasit, du! ...

Marina packte das Schulbuch, das auf der Ofenbank lag, und schleuderte es gegen ihren Mann. Der duckte sich, und das Buch traf den Kopf des schlafenden Kindes. Mit einem Aufschrei fuhr es in die Höhe, doch schon knieten die bestürzten Eltern davor und beruhigten es. Als es wieder eingeschlafen war, sahen sie sich betroffen an.

Es hat keinen Sinn zu streiten, lenkte Marina ein. Diese Ungewißheit macht uns beide ganz verrückt. Wie viele Monate hocken wir schon in diesem Nest auf engstem Raum, und noch immer kein Bescheid aus Moskau ... Aber ich habe da eine Idee. Vorhin hat mir die Tante Schura gesagt, daß uns die Bezirksparteileitung die Schule vermieten würde. Das ist die Gelegenheit!

Was denn für eine Gelegenheit?

So begreife doch! Vier große Räume unten, drei oben, nur ein bißchen zugig, aber du könntest das ja abdichten. Na?

Marina sah ihren Mann triumphierend an.

Ich verstehe überhaupt nichts, brummte der.

Die Schura meint, ich könnte mir darin eine richtige Schneiderwerkstätte einrichten, und du ein Atelier, wo du endlich die Dorfbewohner malen könntest. Sie wollen doch alle von dir porträtiert werden, kapierst du das nicht?

Ich will fort! jaulte der Maler plötzlich gepeinigt auf und rannte, sich die Haare raufend, durchs Zimmer.

Nichts als fort! Ich halte das nicht mehr aus! Diese Provinzöde. Der Mief! Die sektierererischen Weiber, die nur den Tratsch und ihre blöden Bibelsprüche kennen! Kein Mensch zum Reden! Ich gehe vor die Hunde, begreifst du denn nicht? ...

Du darfst den Kopf nicht verlieren, beschwichtigte ihn Marina. Wer weiß, vielleicht heißt es morgen schon Kofferpacken.

Eben.

Was eben?

Vielleicht heißt es morgen schon Kofferpacken, und ich reise mit leeren Händen. Du weißt schon, was ich meine.

Sie wußte: Er kam seit Monaten nicht über seine Entwürfe hinaus. Und sah sich nicht in der Lage, das Land zu verlassen, ohne ihm sein letztes Bild, diese geschundene Birke hinter dem Dorf, entrissen zu haben.

Wie viele Stunden schon hatte er mit ihrem Studium zugebracht, aber die Birke entzog sich ihm, sie wollte nicht auf seine Leinwand, sie wehrte sich gegen das Klischee, das ihr Volksmund, Patriotismus und sozialistische Propaganda aufgezwungen hatten. Und doch war sie der Baum, der nirgends so innig wurzelte wie in diesem Land.

Wer hätte wohl gedacht, daß in diesem von Gott und der Partei vergessenen Nest einmal etwas anderes passieren konnte, als daß wieder einer das Zeitliche gesegnet hatte oder jemandem die einzige Ziege entlaufen war, Ereignisse, die in gleicher Weise beklagt und beseufzt wurden, denn das Leben hier war genauso unerträglich wie das Sterben.

Es passierte also etwas, das die Leute aus ihrem so unbedeutenden, trostlosen Provinzalltag riß und noch lange Zeit für Gesprächsstoff sorgen sollte.

Es war im Herbst, an einem jener grauen Tage, die alle Farben für immer geschluckt zu haben scheinen. Der Teich starrte wie ein blindes Auge ins Leere, und das schrille Geschrei der Krähen, die in den Baumwipfeln hockten, legte sich wie ein kalter Schauer über das Dorf.

Babka Njura und Babka Lena hatten sich beim Brunnen getroffen und tauschten Neuigkeiten aus:

Der Kolja, weißt du, der Kerl von der Post in der Bezirksstadt, der denen dort – Lena zeigte dabei auf das Haus des Malers – den Telegraphenmast fürs Licht aufgestellt hat, hat gestern dort drüben – sie wies nun in die Richtung der Rinderfarm – eine Kuh zusammengeführt. Sie haben sie notschlachten müssen!

Was du nicht sagst! War er denn besoffen?

Der und besoffen! Der hat genau gewußt, was er da macht. Nächste Woche heiratet nämlich seine Tochter und – Lena machte eine bedeutungsschwere Pause – naja, er hat eben dringend Fleisch für die Hochzeitstafel gebraucht. Wo hätte er es sonst hergekriegt?

Du meinst? …

Ich mein gar nichts. Jeder weiß, daß er den Schlächter

in der Hand hat, weil der ihn schon seit Jahren wegen so einem Telegraphenmast angeht.

Ja, den hat er aber doch dem Maler zugeteilt.

Eben, weil ihn der Schlächter einmal mit dem Fleisch betakelt hat. Und weil ihm der Maler neulich ein Transistorradio in der Stadt organisiert hat, da hat er den Mast, den er eigentlich für den Schlächter auf die Seite gebracht hat, dem Maler gegeben. Aber jetzt, wo seine Tochter heiratet, und wo's ihm ums Fleisch geht, hat er mit dem Schlächter eine Abmachung getroffen: Du zweigst mir die Kuh ab, und ich zweig dir noch so einen Mast ab. Das weiß ich alles von der Schura, der Melkerin, aber die hat wieder von wem anderen gehört, daß ...

Njura!

Was denn?

Njura! Da! ...

Njura folgte Lenas schreckensstarrem Blick und drehte sich, eine Lähmung in den Gliedern mühsam überwindend, langsam um.

Die Wolken hingen so tief, daß der Maler unwillkürlich den Kopf einzog, als er aus dem Bus stieg. Schon lange fuhr er nicht mehr mit dem Auto, hatte es doch in Ermangelung von Ersatzteilen seinen Geist aufgegeben. Es regnete nicht mehr, aber der Himmel hatte dennoch etwas Bedrohliches an sich, so, als sei das herrliche Kornblumenblau aller Sommer zu einem grauen, trüben Brei geronnen, der die Erde jeden Augenblick ersticken konnte. In Bangigkeit erstarrt schien das Land, die spitzen Türme des fernen Klosters, die verspielten Kirchenkuppeln wie mit dem Teleskop herangerückt. Trostlos die Trümmer, die die Kolchose beherbergten, trostloser noch die Spuren vergeblicher Landarbeit. Ein kalter

Wind, dessen Richtung in diesem Reich der veränderten Perspektiven nicht zu bestimmen war, sorgte für eine Unruhe im Wolkengebräu: Das war ein Drängen und Schieben und Wallen und Brodeln, und der Maler, der den Blick nicht davon losreißen konnte, fühlte, wie ihn schwindelte.

Er kam aus der Stadt und stapfte in der aufgeweichten Fahrspur aufs Dorf zu, ohne so recht vorwärts zu kommen. Das lag nur zum Teil am Morast, der sich wie Zement an seine Füße heftete, und an seinem Rucksack, mit dem er die dringend benötigten Lebensmittel und Stoffe herbeischaffte. Es lag viel eher an der bleiernen Gewißheit, die auf ihm lastete.

Tut uns leid, aber Ihr Ausreiseantrag wurde auch in oberster Instanz abgelehnt! hatte ihm eine eisige Stimme mitgeteilt. Sie können schreiben, an wen Sie wollen: an die UNO, an den Papst, meinetwegen auch an den lieben Gott persönlich, es wird Ihnen nichts nützen. Ihr Schwiegervater, auf dessen Einladung Sie Ihre Ausreise betreiben, ist und bleibt ein Verbrecher für uns. Solchen Leuten machen wir keine Zugeständnisse. Darauf können Sie Gift nehmen ...

Im Kopf des Malers wetterleuchtete es: Gift, ja, warum eigentlich nicht? ... Blödsinn, irgendwie wird das Leben weitergehen. Marina wird uns eben weiterhin mit ihren idiotischen Schürzen und Topflappen durchbringen, bloß wenn sie von dieser Absage erfährt, dreht sie mir durch ... Sie darf es nicht erfahren! ...

Eine zirpende Stimme holte ihn auf die Erde, in Daschonkas kleinen Vorgarten herunter. Die Alte stand vor ihrer mit reichem Schnitzwerk versehenen schiefen Hütte und schien ihn erwartet zu haben: Da bist du ja, mein Täubchen!

Sie könnte eine Hexe sein, die zahnlose Alte, wie sie so,

lauernd und krumm, auf ihren Stock gestützt, dasteht, dachte der Maler. Ich muß mich in acht nehmen ...

Wie wär's denn mit einem kleinen Bragabierchen, mein Lieber? Komm nur, mein Kleiner, du siehst ja so traurig drein ...

Wo bleibt dein Vater nur so lange? sagte Marina, besorgt auf die Wanduhr blickend, zu ihrem Sohn. Der war eben dabei, aus einem Stück Blech, das er draußen wo gefunden hatte, eine Maschinenpistole zu basteln.

Ich glaube, wir werden unsere Suppe heute ohne ihn essen! beschloß die Mutter, des Wartens müde.

Sie rückte die Nähmaschine an den Tischrand, wobei der darin eingespannte Stoff die Speisereste vom Mittag auf den Boden fegte, türmte Schnitteile und Stoffreste darauf und stellte drei abgeschlagene Teller hin. Dann ging sie in den Vorraum, der zwischen dem einstigen, nun als Schuppen und Garage dienenden Stall und der vom gemauerten Ofen beherrschten Wohn- und Schlafstube lag; wenn sie den Ofen nicht heizte, kochte sie hier auf einem Petroleumkocher, der auf einer mit tausenderlei Dingen vollgerammelten Kommode stand. Ungerührt hantierte sie hier zwischen Waschmitteln, Fetzen, Werkzeug, halben Krautköpfen, Farbtiegeln und Spielsachen, und während sie im Suppentopf rührte, schob sie mit dem Fuß leere Flaschen und Bilderrahmen beiseite, um mit dem dampfenden Topf gefahrlos in die Stube zu gelangen. Seufzend, einen letzten besorgten Blick zur Türe werfend, trug sie ihn ins Zimmer.

Wo ist denn der Papa? fragte der Sohn und legte endlich seine Maschinenpistole weg. Er beugte sich über das Bett seiner Schwester, das vor dem Fenster stand, um hinauszusehen. Er hob die weißen Spitzenvorhänge, die so gar nicht zu den löchrigen Decken, den durchhängenden, mit halbausgelassenen Luftmatratzen gepolsterten Klappbetten, dem zerrissenen Teppich, in dessen aufgelösten Fäden man sich ständig verfing, und dem übrigen Durcheinander im Zimmer passen wollten. Draußen herrschte ein ungewöhnliches Zwielicht. Keine Kuh, kein Huhn, geschweige denn ein Mensch war dort zu sehen.

Irgendwas stimmt nicht, dachte es im benebelten Hirn dieser Kreatur, die sich da mit struppiger, distelverfilzter Mähne auf allen vieren in den Brennesseln wälzte. Die Hände? Der Schädel? Au! Gsch! ... Hexe du, Zauberin, kein Funken Wahrheit, hier nicht, dort nicht ... Kopf steht die Welt. Auf die Beine damit! So ... Ah, wie das sticht! Und wie das pickt, dieses Zeug! Ha, das ist der Sumpf, in den du mich gelockt hast, Marina, ich hab's immer gewußt, daß du eine Hexe bist! ... Verdammt, wie die Wolken an den Beinen hängen. Weiß ein Schwein, wie das ist, wenn der Himmel dir zur Hölle wird. Die Hölle, ja, das Fegefeuer ... Es brennt, Leute, es brennt! ... Aaa-eee-iii-aaa ...

Ich schwör euch, es war ein Tier oder was, auf jeden Fall hab ich sowas noch nie gesehen! schilderte Njura später ihr Erlebnis. – Die Lena hat zwar gekreischt: Ein Waldschrat!, aber ich sag euch, die war schon immer eine verzopfte Person, die Lena, dafür ist sie jetzt auch in der Nervenklinik. Das war aber kein Waldschrat, bei Gott. Der Agitator aus der Bezirksstadt sagt uns ja immer vor jeder Wahl, Waldschrate sind ein Aberglauben, die sind schon lange ausgestorben ... Also, ich dreh mich um und schau direkt, ich schwör's euch, direkt in zwei Augen, so groß wie meine Suppenteller – richtige Krokodilsaugen! Ich hab gar nicht wegschauen können vor Schreck, ich war wie gelähmt, und die Lena hat noch hysterisch gebrüllt: Njura, ich sterbe! Dann ist sie in Ohnmacht gefallen. Aber ich hab mir gleich gedacht, da ist wahrscheinlich so ein wildes Tier vom Zirkus ausgekommen, ein Drache oder ein Elefant ... Aber so genau hab ich's natürlich nicht sehen können, weil es so dämmrig war, ein so komisches Licht, als ginge die Welt unter. Naja, und dann seh ich, wie dieses Vieh seinen borstigen Schädel schüttelt und sich in den Brennesseln wälzt. Und dann richtet es sich auf mit einem fürchterlichen Grunzen, und mir ist, mein Gott, ja, jetzt kommt's mir auf einmal ...

Mama, schnell, komm her, Mama!

Was denn, um Gottes willen, was hast du, Kind?

So schau doch, dort, der Baum!

Was ist los mit dem Baum?

Er brennt! Er brennt! ...

Durch die zur Seite geschobenen Vorhänge fällt ein grellroter Widerschein in die Stube, daß Marina geblendet die Hände vor die Augen schlägt.

Na, und weiter?

Dann ist dieses Ungeheuer durch die Brennesseln getorkelt, am Haus von der blinden Mascha vorbei, und ich bin ihm nach ...

Durch die Brennesseln?

Aber nein, auf der anderen Seite. Und ...

Und? Nu, nu? ...

Ich habe das Elend meines Volkes in Ägypten gesehen und gehört ihr Geschrei über die Härte derjenigen, die über ihre Arbeit gesetzt sind; und weil ich kenne ihre Leiden, bin ich herabgekommen, sie zu erretten aus der

Hand der Ägypter und sie wegzuführen aus diesem Lande in ein gut und westlich Land, in dem Milch und Honig fließt ... Aaa-eee-iii-aaa! ...

... Ja, dann war auf einmal das Feuer da.

Welches Feuer?

Na, die Birke hat doch gebrannt.

Was, die Birke? ... Hm, in die muß wohl der Blitz gefahren sein.

Ich schwör euch, das war kein Blitz, die ist plötzlich, so mir nichts, dir nichts, in Flammen gestanden, und in diesem Augenblick ist die Lena in Ohnmacht gefallen.

Also doch ein Blitz!

Aber ihr wißt doch selber, daß es an diesem Tag kein Gewitter gegeben hat, außerdem um diese Jahreszeit ...

Wenn's dem Herrgott gefällt, schickt er auch im Winter die Blitze vom Himmel, da braucht er keinen Donner dazu. Wenn der Herrgott seine Hand im Spiel gehabt hat, dann hat er die Birke auch ohne Blitz in Brand stecken können, einfach so ...

Ja, da hast du auch wieder recht. Nu, und weiter?

Naja, die Birke war auf einmal in Flammen, die Lena ist in den Brennesseln gelegen, und im gleichen Augenblick hat sich der Waldschrat aufgerichtet und hat ...

Du sagst doch, es war kein Waldschrat.

Dann halt dieses Ungeheuer aufgerichtet mit einem furchtbaren Geschrei. Das hat, meiner Seel, so geklungen wie ...

Na, sag schon!

Wie »Amerika« ... Ich sag dir, das war ein Agent!

Was ist ein Agent?

Einer, der uns ausspioniert.

Und wieso schreit er dann so?

Weiß ich auch nicht, auf jeden Fall hat er seine gerechte Strafe gekriegt, weil er direkt ins Feuer getorkelt ist. Die Flammen sind noch einmal hoch aufgelodert, daß der ganze Horizont rot war, und sind dann mit einem Schlag erloschen.

Was sich in jenem kleinen Dorf in jenem großen Land wirklich zugetragen hat, wird sich wohl niemals mit Sicherheit feststellen lassen. Zwar gibt es gewisse Anhaltspunkte für eine natürliche Erklärung, wie etwa jene, daß besagtes Ungeheuer niemand anderer als der Maler war, der am nächsten Morgen in den Brennesseln unweit der Stelle, an welcher die Birke gestanden hatte, im Tiefschlaf und behaftet mit sämtlichen Disteln der dörflichen Wegraine aufgefunden wurde; oder das ungewöhnliche Naturereignis an dem bewußten Abend: Nach einem verhangenen, trüben Tag, so berichten übereinstimmend die Augenzeugen, sei am späten Nachmittag die Sonne als glutroter Ball aus den Wolken gebrochen, sei zu einem feurigen Streifen am Horizont zerschmolzen und habe, ehe sie dahinter verschwand, für wenige Augenblicke Einzelheiten der Landschaft hell aufleuchten lassen: da ein Haus, dort einen Busch oder Baum. Trotzdem bleibt eine wichtige Frage offen, nämlich, was mit der Birke geschehen ist, jenem alten Baum hinter dem Dorf, unweit des Teiches, der so herzzerreißend seufzen konnte, wenn ein Dorfbewohner bei ihrem Anblick ins Grübeln kam: Wie hieß sie doch? Nadja? Nastja? ... Denn wie man's auch dreht und wendet, die Birke ist weg, wie vom Erdboden verschluckt: kein Loch, keine Narbe im Gras, nichts deutet darauf hin, daß hier einmal ein Baum gestanden hat.

Merkwürdiger aber noch ist die Tatsache, daß die Leitung des Staatsgutes, zu dem das Dorf gehört, allen Ernstes behauptet, es habe an dieser Stelle nie einen

Baum gegeben, ein solcher habe nur in der Einbildung der alten, rückständigen Landbevölkerung existiert, die nicht mehr richtig im Kopf sei, so daß immer mehr der auf diese Weise lächerlich gemachten Leute auch tatsächlich an ihrem Wahrnehmungsvermögen zu zweifeln beginnen und allmählich selbst glauben, sich den alten zausigen Baum nur eingebildet zu haben. Nur der Maler, der seit jenem Tag ein eifriger Besucher der Hexe Daschonka geworden ist, sitzt Abend für Abend um die Zeit des Sonnenunterganges mit seiner Staffelei vor der leeren, unkrautbewachsenen Stelle und malt ein Bild, von dem er behauptet, daß es eine Birke darstelle: ein brennender Dornbusch vorm grauen Grund der Welt.

Klassenfeinde

Hallo, Nummer ...?

Ja, hier Nummer ...

Ein Auslandsgespräch. Ich verbinde.

Hallo, hier ist dein Klassenfeind. Na, wie geht's?

Endlich! ... Ja, mir geht es gut. Und dir?

Wie soll ich sagen? Ich bin gestorben. Geht's einem da gut?

Gestorben? Aber ... Ich höre doch deine Stimme!

Ja, die Verbindung ist ausgezeichnet. Als wär's ein Stadtgespräch.

Ich – verstehe nicht.

Soll ich lauter sprechen?

Nein, nein, ich höre dich ganz deutlich. Es ist nur, was du da sagst ... Wie meinst du das?

Was soll es da zu meinen geben? Tot ist tot.

Ach, bitte hör auf. Mit solchen Dingen spaßt man nicht. Wie sollte ich mit dir sprechen können, wenn zutrifft, was du sagst? Das ist doch nicht logisch!

Was ist schon logisch auf dieser komischen Welt? Ist logisch, zum Beispiel, daß wir beide ...

Sie sprechen die letzte Minute! ...

Fräulein! Fräulein! Von wo kommt dieses Gespräch?

Von jenseits, von wo sonst?

Sagten Sie nicht, es wäre ein Auslandsgespräch?

Ich sehe da keinen Unterschied. Machen Sie Schluß!

Sie hat recht. Zwischen dem Jenseits und einer Kluft, die die Lebenden von den Lebenden trennt, ist nicht viel Unterschied.

Bitte keine Politik am Telefon!

Politik nennst du den Tod?

Was hat das alles zu bedeuten? ... Na gut. Dann sag mir wenigstens, wie es passiert ist!

Dumm genug: Ich bin über die Vergangenheit gestolpert und hab mir dabei das Herz gebrochen.

Gott, dann hast du es also gewußt?

Ihre Zeit ist abgelaufen. Ich trenne Sie! ...

Sein Gesicht: schroff wie Mondland, fahl überglänzt von höflicher Anteilnahme, überlegenem Lächeln. Seine Gestalt: groß, hager, ein wenig geknickt vom langen Leben. Er selbst: Amerikaner.

Aber was für einer! Wenn er guter Laune war, wenn die Geschäfte gingen, der Alkoholspiegel in Ordnung war oder eine saftige Anekdote ihm ein unerwartet herzhaftes Gelächter abrang, eines, das nicht ins Bild des profitorientierten, selbstsicheren Geschäftemachers passen wollte, besonders aber, wenn das alles zusammentraf, dann konnte er, ungeachtet seiner schlohweißen Mähne, in den besten Jahren sein. Wie alt, wie jung wohl? dachte Maja dann betroffen. Und: Ob A. I. diese Verwandlung wohl mit ins Kalkül gezogen hat?

Nachlässig in den plüschbezogenen Fauteuil seines Hotelzimmers zurückgelehnt, maß er sie mit halbgeschlossenen, nach innen gekehrt scheinenden Augen, und sie verstand seine stumme Botschaft: Sage mir, mit wem du umgehst, und ich sage dir, wer du bist.

Eine von denen, sagte ihr ausweichender Blick. Und ich weiß genau, daß du es weißt.

Das war ihre erste Begegnung.

Sie sind mir vom Ministerium empfohlen worden, sagte er mit brüchiger, wie schlecht geschmierter Stimme, die in überraschendem Kontrast zu seiner gewandten Ausdrucksweise stand. Sie verfügen über Kontakte zu den einzelnen Organisationen, Sie beherrschen Fremdsprachen, haben Erfahrung als Sekretärin ausländischer Firmen, sind zeitlich ungebunden und werden mir helfen, hier im Land Geschäftsbeziehungen zu knüpfen. Habe ich das richtig verstanden?

Dazu bin ich hier, sagte Maja fest. Und wozu noch? las sie dabei in seinem durchdringenden Blick.

Sie senkte die Augen und dachte an A. I. Er hatte von patriotischer Pflicht und nimmermüder Wachsamkeit gesprochen, um alle notwendigen Maßnahmen treffen zu können, die feindlichen Umtriebe der Gegner unseres fortschrittlichen Gesellschaftssystems zu unterbinden. Die Partei sieht darin die Aufgabe nicht nur der Organe des Staatssicherheitsdienstes, sondern auch aller anderen gesellschaftlicher Organisationen, aller Parteimitglieder, ja überhaupt aller Bürger unseres Landes. Gerade die Tatsache der ideologisch-politischen Einheit unserer Gesellschaft ist der Hauptquell ihrer Stärke, und gegen sie sind natürlich auch die erbittertsten Attacken ihrer Feinde gerichtet, diese Kapitalisten, diese Imperialisten, undsoweiter undsoweiter, Maja kannte das ja, bloß begriff sie nicht, was das mit ihrer Arbeit als Vermittlerin von Geschäftskontakten zu tun hatte.

A. I. erklärte es ihr, als er mit seinem ideologischen Latein am Ende war: Wir kennen den Vogel. Was er macht, ist zu harmlos, um noch harmlos zu sein. Außerdem, naja, lassen wir das. Beobachten Sie ihn! Melden Sie mir alles, was er tut, mit wem er telefoniert, was er liest, was er spricht, auch wenn es Ihnen noch so harmlos erscheint. Gehen Sie auf alles ein, was er Ihnen anträgt …

A. I. machte an dieser Stelle eine bedeutungsschwere Pause und schaute, wie um Zustimmung heischend, zum Genossen B. auf, dessen Porträt über der Türe hing.

Locken Sie ihn aus der Reserve, äh, naja, dürfte Ihnen, so, wie ich es sehe, nicht schwerfallen … Und vergessen Sie nicht, Sie dürfen auch hartes Geld nehmen.

Einmal im Monat, manchmal öfter, manchmal auch gar nicht: Seen, wie Pfützen eingestreut ins samtige Waldland, Flüsse wie Riesenschlangen, träge sich windend durch – je nach Jahreszeit – grüne, gelbe und weiße Flächen, Häuser, die sich, im Landeanflug als Blockhütten erkenntlich und in ihrer verwitterten Gebrechlichkeit der einsamen Weite müde scheinend, zu Siedlungen zusammengefunden haben, Felder, groß und protzig wie die blumigen Wandteppiche in den kleinen Neubauwohnungen, giftspeiende Schlote, qualmende Fernheizwerke, Wolkenfetzen, blindes, fiebriges Herantasten deines dröhnenden Riesenvogels, deiner fliegenden Brücke ans Ziel, Straßen, die auf dich zukommen, Wege, in Wiesen sich verlaufend, Blütenmeere, Herbstteppiche, Hochspannungsmasten, Industriewüsten, Birkenoasen, Blechbaracken, Ziegelschuppen, und vorne, schräg und verschwommen übers runde Fenster huschend, die Konturen der Metropole, des Nabels der progressiven Welt.

Da ist sie! denkt er jedesmal in diesem Augenblick. Da ist sie! Warum kann ich Idiot sie nicht lassen? Und ein ums andere Mal ist es ihm, als tauche er in einen Heuhaufen ein, um darin nach einer Stecknadel zu suchen …

Und ein ums andere Mal dasselbe: mißtrauische Blicke, trainiert aufs schlechte Gewissen der Ankommenden, nur selten entschuldigend: Ich kann nichts dafür, ich tue bloß meine Pflicht. Grobe Griffe in sorgsam gepackte Koffer, scharfe Fragen nach Verbotenem: Literatur? Geld? Waffen? Devisen? Gedanken? ... Manchmal auch ein Lächeln des Wiedererkennens und nachlässiges Durchwinken durch die Sperre, dieses schmale Türchen im gigantischsten Bauwerk unserer Zeit – der Grenze zwischen Hier und Dort. Dann nämlich haben die das letzte Mal augenzwinkernd zugeschobenen Zigaretten ihre Wirkung getan.

Hat der Ankömmling auf diese Weise die Einreiseformalitäten hinter sich gebracht, kann noch auf dem Flughafen der Kampf ums bestellte und im voraus bezahlte Hotelzimmer losgehen.

Bedaure, sagt der zuständige giftblonde Drachen, aber ich habe Sie nicht auf meiner Liste. Und schiebt mit eisiger Miene die Reservierungsbestätigung über den Tisch zurück. Wenn Sie nicht warten wollen, bis ein Zimmer frei wird, kann ich Ihnen nur den Rat geben, mit der nächsten Maschine nach Hause zu fliegen.

Madame, sagt der Ankömmling, seine Gereiztheit gerade noch zähmend, und zieht mehrere Modejournale aus seinem Diplomatenkoffer. Ich bin nicht zum ersten Mal in diesem Land und weiß genau, daß sich Mißverständnisse dieser Art mit einigem guten Willen klären lassen.

Der flatternde Blick der aufrechten Vertreterin einer neuen Gesellschaftsordnung verrät dem Herbergsuchenden, daß sich am Horizont der Bürokratie eine Lösung seines Problems abzuzeichnen beginnt. Er läßt die Journale in einem Reklamebeutel verschwinden, legt diesen beiläufig auf den Tisch und sagt, zu dem Plakat hinüberblickend, das hinter der Dame an der Wand hängt und die Besucher dieses Landes herzlich willkommen heißt, in welchem Hotel er gerne untergebracht zu werden wünsche. Wenige Minuten später macht er sich aufatmend auf die Suche nach einem Taxi.

Hallo, wie geht's. Ich bin eben angekommen ...

Gut. Wie lange bleiben Sie?

Drei Tage. Wie sieht es denn mit Ihrer Zeit aus?

Ich habe mir diese Woche für Sie offengelassen.

Ausgezeichnet. Ich lasse Sie morgen früh mit dem Taxi abholen ...

Die Woche offengelassen: ein Abkommen mit Alexander getroffen, dem Ex-Mann, mit dem Maja nach wie vor das Zimmerchen in der Mehrparteienwohnung teilt, denn vorerst besteht keine Aussicht auf eine räumliche Trennung. Der Fotokorrespondent einer zentralen Zeitung ist allerdings nach wie vor kooperativ, wenn seine Frau in Schwierigkeiten ist, denn seine Mutter, die das Nebenzimmer bewohnt, ist zu sehr mit sich selbst und ihren Wehwehchen beschäftigt, um sich des geliebten Enkelkindes anzunehmen. Außerdem hat sich der durch die Scheidung noch mehr angeheizte Groll gegen die Schwiegertochter zunehmend auf das Kind übertragen.

Beinahe täglich gibt es Krach: Du bist schon wieder mit einem Mann unterwegs! keift die Alte. Ich hab genau gehört, wie du dich am Telefon verabredet hast.

Was? Sie spionieren mir auch noch nach? Ich bin ein freier Mensch! keift Maja zurück.

Ich habe ein Recht zu wissen, wo sich die Mutter meines Enkelkindes herumtreibt!

Jetzt auf einmal fällt Ihnen Ihr Enkelkind ein. Wann haben Sie sich je darum gekümmert?

Du weißt genau, wie krank ich bin!

Wenn es darum geht, sich in meine Privatangelegenheiten zu mischen, sind Sie bei bester Gesundheit!

Solange du unter meinem Dach lebst ...

Es ist nicht Ihr Dach. Bekanntlich ist diese Wohnung Staatseigentum.

Komm mir nicht mit dieser Tour! Wir haben dich aufgenommen, nur uns hast du zu verdanken, daß ...

Ihrem Sohn!

Das kommt aufs selbe heraus. Durch uns, nur durch uns hast du das Wohnrecht gekriegt, weil wir dich hier angemeldet haben, obwohl man sich an fünf Fingern hat ausrechnen können ...

Fangen Sie doch nicht schon wieder damit an!

Und ob ich damit anfange. Eine Provinzhure ist sie! ...

Aber so beruhige dich doch, versucht der Sohn seine Mutter zu besänftigen. Das bildest du dir alles nur ein!

Daß sie sich die Zuzugsgenehmigung über dich Naivling erschlichen hat, nennst du Einbildung? Eure Scheidung hat mir die Augen geöffnet!

Du verstehst das nicht. Wir haben uns lange genug gekannt.

Und daß sie's mit Ausländern treibt, bilde ich mir auch ein? Eine Agentin der imperialistischen Verschwörung ist sie! Diese Schande!

Nicht so laut. Die Nachbarn müssen doch wirklich nicht alles mitkriegen!

Die wissen längst alles. Die machen sich auch so ihre Gedanken, all das fremde Zeug, das sie mitbringt, die Zigaretten, die Schokoladen, die Zeitungen, wo lauter Verleumdungen über unser Land drinstehen ...

Jetzt reicht's mir aber, endgültig! brüllt Alexander und zieht seine geschiedene Frau aus dem Zimmer. Er schmeißt die Tür mit solcher Wucht zu, daß die nebenan lauschende Nachbarin, eine siebzigjährige blinde Invalidin, erschrocken ihr Ohr von der bebenden Wand löst.

Ihr Auf-ihn-Zukommen durch die marmorne Hotelhalle, den üblichen Treffpunkt, bringt jedesmal etwas in Aufruhr in ihm. Etwas Vergangenes, Abgeschriebenes. Etwas, von dem er geglaubt hat, daß es längst im Eis des Kalten Krieges erstarrt sei.

Wie jung sie ist! fährt es ihm durch den Sinn.

Ich bin sechsundzwanzig, sagt ihm ihr Gehen.

Ich könnte dein Vater sein, antwortet sein Dastehen.

Sechsundzwanzig, sechsundzwanzig ...

Er könnte mein Vater sein. Und wenn er gut gelaunt und ausgeschlafen ist, auch mein Liebhaber! wird ein Gedanke wach. Und, bange, ein anderer: Ob A. I. mit dieser Möglichkeit gerechnet hat?

Können wir gehen? fragt sie. Das Taxi wartet!

Schwer läßt er sich in den Sitz fallen und sagt auf der ganzen Fahrt ins Erdölministerium kein einziges Wort.

Nachts reißt ein plötzlich aufgekommener Wind, der den ersten Schnee dieses Jahres aus den regenmüden Wolken schüttelt, das Gewissen aus dem Schlummer der Bequemlichkeit: Ach, wär es einfach zu sagen, sie ist böse, die Schwiegermutter, sie vergiftet ihren Mitmenschen das Leben und hätschelt ihre Leiden wie andere ihren Schoßhund! Wär es einfach, sein Tun für richtig zu halten, weil andere es für richtig halten! Wär es einfach, wenn das Leben weiterginge wie bisher, ausgefüllt mit den mechanischen Verrichtungen zu seiner Bewältigung und den üblichen Schachzügen zur Hebung seiner Qualität! Wär es nur so einfach, wie zwei mal zwei vier ...

Maja gehörte zu jenen Menschen, die das Pech hatten, durch die Hintertür in diese Welt geschickt zu werden: Sie wurde in der Provinz geboren. Was dies bedeutet, kann nur ermessen, wer den Vergleich mit dem Leben in den großen Städten hat. Das ist eine Art des Lebendigbegrabenseins, das ist Willkür der örtlichen Behörden, Engpässe in der Versorgung, Krankenhäuser auf dem Niveau von Feldlazaretten, das ist auswegloser Suff und eine Öde, die von Ignoranz und Apathie kommt, selbst wenn dieses Provinznest mehrere hunderttausend Einwohner hat und von den Medien als aufstrebendes Zentrum, als kultureller und wirtschaftlicher Schwerpunkt, als Stadt der Zukunft und beispielhaft hinsichtlich der Entfaltungsmöglichkeiten des Neuen Menschen hingestellt wird. Aber wer dort lebt, hört dennoch nicht auf, nach der Hauptstadt zu schielen und allem, was dazugehört: der Anonymität, der Masse, dem atemberaubenden Tempo ebenso wie den großen Geschäften, in denen es vielleicht manchmal was gibt, den bunten Ausländern, mit denen man vielleicht einmal ins Gespräch kommt, mit anderen Worten, Moskau – das Tor zur Welt. Nichts kann einen Provinzbewohner davon abhalten, die erstbeste Gelegenheit zu ergreifen, um in diese Stadt zu ziehen: weder Wohnungsnot noch schlechte Luft, weder Kriminalität noch überfüllte Verkehrsmittel. Und wer das Glück hatte, zu einer Moskauer Hochschule zugelassen zu werden, der setzt überhaupt alle Hebel in Bewegung, um nicht nach Ablauf seiner Aufenthaltsgenehmigung in seinen Heimatort zurückgeschickt zu werden. Ein bewährtes Mittel ist es, zum Beispiel, sich einen in Moskau ansässigen Partner für eine kurzfristige Scheinehe zu kaufen. Damit erwirbt man ein dauerhaftes Wohnrecht, an dem auch die abgesprochene Scheidung nichts ändern kann.

Maja war elternlos bei einer Verwandten im fernen Sibirien aufgewachsen und hatte vor allem das Getuschel der Leute satt: Für die einen war ihre verschollene Mutter eine Abtrünnige, eine Verbrecherin, die ihre gerechte Strafe in einem Arbeitslager abgebüßt habe, für die anderen eine Heldin, weil sie später rehabilitiert worden sei. Von ihrem Vater dagegen hieß es lapidar, der sei ein schädliches Element, habe seine schwangere Frau sitzengelassen. Maja hatte also nur den einen Wunsch, fortzuziehen, weit fort, und sei es auch ins verpönte Ausland. Tatsächlich konnte sie nach dem Schulabschluß den begehrten Studienplatz in der Metropole bekommen.

War es Absicht, war es Schicksal, daß sie hier noch während des Studiums einen Mann heiratete, den sie nicht liebte? Oder hatte sie ihn vielleicht doch geliebt, und die Ehe war bloß an den Beschwernissen des Alltags, der Enge, den enttäuschten Hoffnungen gescheitert? Ist eine Vernunftehe Täuschung oder gar Selbsttäuschung? Ist es schäbig gewesen, der alten, abgeschriebenen Jugendliebe zu einem ganz bestimmten praktischen Zweck neue Hoffnungen zu machen? Hättest du nicht, mit ein bißchen gutem Willen, schon aus Mitleid, lernen können, zu lieben? Hast du mit dem Geständnis der Wahrheit, das zur Scheidung führte, nicht mehr Schaden angerichtet als mit dem Vorlügen von Gefühlen? Was hat eine Scheidung überhaupt für einen Sinn, wenn ihr einander ja doch nicht entkommt?

Immer wieder diese quälenden Fragen.

Es ist die Hölle, das kleine Zimmerchen, die Enge, der Alltag. Alexander kann es nicht verwinden, das Kind kann es nicht verstehen, die Schwiegermutter ... Gibt es wirklich keinen anderen Ausweg als diesen widerlichen A. I.?

Die Schneeflocken als Schattenspiel vor dem Fenster. Der Wind als Heulen ums Haus. Und die innere Stimme: Hartes Geld – tu nicht so, als wüßtest du nicht, was das bedeutet! ...

Bill, so hat er sie neulich gebeten, ihn zu nennen, hat ihr aufgetragen, einen seiner Geschäftspartner abzuholen. Viel zu früh ist Maja auf dem Flugplatz, und so macht sie es sich in einem Lederfauteuil in der Ankunftshalle bequem, zu der nur Ausländer oder, wie Maja, heimisches Personal mit einem speziellen Ausweis Zutritt haben. Hinter der dünnen Sperrholzwand drängen sich wie in einem improvisierten Verschlag zu Hunderten ihre Landsleute, und Schimpfen, Fluchen und Geschrei fliegen durch die Luft. Maja versucht vergeblich, sich in eine Zeitung zu vertiefen, und daran ist nicht nur der Lärm in der Halle schuld. Auffällig unauffällige Blicke von unauffällig auffälligen Männern in dunklen Ledermänteln und grauen Vorkriegsmodellen von Hüten schweifen durch den Raum, hängen sich wie eklige Fliegen an ihre Person. Ihre Einheitsgesichter sind gezeichnet von gespielter Langeweile, hinter der sich gespannte Wachsamkeit verbirgt. Scheinbar gleichgültig lehnen diese Gestalten in den Fauteuils oder schlendern im Saal umher und signalisieren auch dem dilettantischsten Spion, daß dieser Ort für den eventuellen Austausch geheimer Informationen wohl der denkbar ungünstigste ist.

Wieder der Gedanke an A. I., seine pathetischen Worte: Unser Land ist groß und mächtig, aber vergessen Sie nicht, der Feind ruht nicht, er arbeitet mit allen Mitteln, um unsere sozialistische Ordnung zu zerstören. Seien Sie wachsam, melden Sie mir alles Ungewöhnliche und betrachten Sie Ihre Arbeit in erster Linie als Bekundung Ihrer patriotischen Gesinnung, Ihrer Liebe zum Vaterland, das Sie großgezogen und Ihnen all das gegeben hat, was den Menschen im Kapitalismus verwehrt ist: einen sicheren Arbeitsplatz, eine garantierte Zukunft, Glück ganz einfach. Die praktische Ausübung Ihres Berufes als Dolmetscherin sollte unter diesen Aspekten eigentlich Nebensache sein ...

Von einem plötzlichen Ekel gepackt, beschließt Maja, sich dem Kreuzfeuer der mißtrauischen Blicke zu entziehen. Sie erhebt sich und geht nach draußen, schlendert den Terminal entlang. Durch einen anderen Eingang gelangt sie in den Abflugsaal hinter der Sperrholzwand, in dem es, wie sie weiß, den einzigen Kiosk gibt, an dem man ausländische Zeitungen bekommt.

Keine Hosteß hat hier ein freundliches Lächeln für die Abreisenden übrig, die müssen mit ihren Problemen schon allein fertig werden. Aufgeregt wird hier mit schmierigen Trägern ums Trinkgeld gefeilscht, werden dort zerplatzte Koffer mit Spagatschnüren umwickelt, Berge von Gepäck abgeladen und keuchend zu den Schaltern geschleift, werden Zollbeamte beschworen und weinende Kinder beruhigt, weil sie ihre Hosentaschen umdrehen müssen.

Mitten im Saal hat sich, umrundet und durchsetzt von den gleichen auffällig-unauffälligen Typen, eine Ansammlung von Menschen gebildet, allesamt Angehörige der gleichen Volksgruppe: fransige Bärte, lange Nasen, die typischen Käppchen auf den meist schütteren Haaren; die molligen Frauen mit schönen, dunklen Augen, die Kinder mit abstehenden Ohren. Ihre ernsten Gesichter sind in die Höhe gereckt, gebannt starren sie alle in dieselbe Richtung. Maja folgt ihrem Blick über die Trennwand hinweg zur Galerie hinauf. Dort werden eben die abgefertigten Passagiere von resoluten Hostessen zum Flugsteig getrieben. Plötzlich tritt eine Stokkung ein, und in die Gruppe in der Halle kommt Bewegung. Oben ist ein Ehepaar mit Kind ans Geländer getreten, und keinerlei Zureden und Schimpfen der uniformierten Begleiterin kann sie zum Weitergehen bringen.

Unten werden nun Taschentücher gezückt, Arme verzweifelt hochgestreckt, Kinder auf Schultern gehoben, Hände vor verzerrte Münder gepreßt, ohne daß diesen ein Klagelaut entschlüpft. Und Maja versteht: Was sich hier vollzieht, ist ein Abschied für immer.

Die Familie auf der Galerie rührt sich nicht von der Stelle, während die wild gestikulierende Hosteß nach wie vor zur Eile drängt. Wie lange das dauert? Maja weiß es nicht zu sagen. Aber diese Szene wird ihr später nicht aus dem Kopf gehen, und dazu wird ihr eine vor langer Zeit gehörte Geschichte einfallen: Die von fliehenden Menschen, welche zu Salzsäulen erstarrten, als sie sich nach der Stätte umschauten, die eben noch ihre Heimat gewesen ist.

Warum gehen sie alle fort? Was erwartet sie in der Fremde?

Vielleicht ist es ihr Schicksal.

Schicksal! Schicksal! Lemminge sind sie, die rennen, weil die vor ihnen auch rennen. Sein Schicksal nimmt man in die Hand!

Eben, das tun sie. Sie haben sich in dem Leben, in das sie geboren wurden, nicht zurechtgefunden. Sie glauben, es gäbe irgendwo ein anderes Leben. Es ist nicht leicht, aus einem Leben zwei zu machen.

Was du da redest! Du findest es also in Ordnung, daß man einfach seine Koffer packt und abhaut? Seine Heimat im Stich läßt?

Heimat – was ist das?

Alexander! Seit wann denkst du so?

Wenn ich könnte, ich würde genauso ...

Pst, nicht so laut! Aber das meinst du doch nicht im Ernst? Du würdest tatsächlich dein Vaterland verraten?

Und du? Hast du's nicht schon längst verraten? Für ein

Parfum, für Zigaretten, für Strümpfe, für den ganzen Ramsch, den dir der Amerikaner mitbringt? Wer weiß, wofür noch …

Du meinst doch nicht, daß ich … Ganz im Gegenteil …

Was heißt da im Gegenteil? Willst du damit sagen, daß du dich denen nicht verkauft hast?

Wen meinst du mit denen?

Tu nicht so, du weißt es genau. Haben sie dich also auch in die Fänge gekriegt. Pfui Teufel!

Ich verkaufe mich nicht. Ich versuche nur das Beste aus meinem verkorksten Leben zu machen!

Ja, ja, und unsere Heirat war auch nichts anderes als so ein Versuch.

Ach bitte, lassen wir das …

Wie wirft man in diesem Teil der Welt einen Blick über den großen Zaun in den anderen Teil? Ganz einfach: Man klettert die Leiter der Loyalität hinauf, von einer Sprosse zur anderen, bis man ganz oben ist und endlich hinübersieht. Aber vom Schauen wird man bekanntlich nicht satt, man will auch was haben von dem, was man sieht. Der nächste Schritt ist also ein Sprung: hops, und du bist drüben, und niemand hat dabei auf dich geschossen. Im Klartext: Deine Loyalität ist so überzeugend, daß man dich offiziell ins Ausland schickt.

So ist das also.

In ihrem letzten Studienjahr hatte Maja bereits die unterste Sprosse erklommen – sie durfte hin und wieder ausländische Touristen als Reisebegleiterin betreuen. Dabei stachen den Verantwortlichen wohl ihr diplomatisches Geschick und ihre ideologische Standfestigkeit ins Auge, denn ziemlich mühelos bekam sie später, nach ihrer Heirat, die begehrte Anstellung bei der staatlichen

Fremdenverkehrsorganisation. Dort konnte man ein wenig an verpönten Genüssen mitnaschen, ohne deswegen sein Gesicht als aufrechter Bürger dieses Landes zu verlieren, man bekam Dinge mit, die die Zeitungen verschwiegen, vor allem aber lernte man die Ausländer nicht als böse Kapitalisten kennen, sondern als Menschen wie du und ich. Das war es eigentlich, was Maja so an ihrer Aufgabe reizte, und als sie die Stelle wegen des Kindes aufgeben mußte, war es ihr, als fehlte ihr plötzlich die Luft zum Atmen. Und genau in dieser Zeit lief sie A. I. in die Arme. Sein Angebot klang so unschuldig, so verlockend ...

Alexander war dagegen, ohne etwas von Majas Auftrag zu ahnen.

Es war der Anfang ihrer ewigen Diskussion.

Du solltest dich nicht mit Ausländern abgeben. Wir werden Schwierigkeiten haben.

Das laß nur meine Sorge sein.

Ich weiß, du bist nur hinter dem Plunder her, den sie dir huldvoll zuwerfen, weil sie selber nicht mehr wissen, wohin damit. Du hast keinen Stolz!

Ich gehöre nicht zu den Menschen, die lieber verrekken, als daß sie sich was schenken lassen. Und außerdem, wenn du es genau wissen willst, ist es nicht das Almosen, das mich reizt, sondern die Möglichkeit, Menschen von drüben kennenzulernen und mir eine eigene Meinung über den Westen zu bilden.

Wenn es dir wirklich nicht ums Materielle geht, kannst du das auf Kurzwelle auch, im Neunundvierzigmeterband.

Ach, diese Westsender sind nur Propaganda, bloß mit umgekehrten Vorzeichen! Du glaubst blind alles, was sie dir da erzählen.

Aber so überlege doch, welche Schwierigkeiten wir

kriegen können. Dieser Amerikaner verfügt über dich, als wüßte er nicht, in welchem Land er sich befindet!

Ich passe schon auf ...

Und ich sage dir, wir brauchen dieses Zeug nicht ...

Und die Kindersachen, die ich sonst nirgends kriege, die Schokoladen, mit denen ich unsere Ärzte bestechen kann, damit sie uns wie Menschen behandeln, die ...

Das läßt sich mit Geld auch regeln. Du könntest dir, zum Beispiel, eine goldene Nase mit Übersetzungen verdienen. Dann wärst du zu Hause, und das Kind müßte nicht in den Kindergarten.

Ich hab genug von diesem Stumpfsinn! Alles nur diese Propagandatexte, speiübel wird mir bei diesen Phrasen!

Immer noch besser, als sich für hartes Geld zu prostituieren!

Und du? Was machst du? Retuschierst den Parteibonzen auf den Pressephotos die Warzen weg. Ist das vielleicht was anderes?

Ich weiß nicht, es gefällt mir nicht, was du da tust.

Mir auch nicht, denkt Maja, aber wenn man A sagt, muß man auch B sagen ...

Die gebückte Gestalt des Amerikaners vor dem türkisfarbenen Meer des Himmels, eine Armada bauschiger Wolken segelt auf ihn zu. Wie er an der Balustrade der Aussichtsterrasse lehnt, ganz Auge für das grandiose Panorama der Stadt zu seinen Füßen. Überhaupt, ganz der müßige Spaziergänger, der neugierige Tourist. Oder?

Schwer, aus seinem Zickzack klug zu werden. Mit einem Stadtbummel hat alles begonnen. Langsamen, gleichgültigen Schritts hat er das Hotel verlassen, ist zum Fluß hinüber geschlendert. Lang ist er am Kai auf und ab gegangen, hat in die trüben Fluten gestarrt, auf die verwahrlosten Fassaden am anderen Ufer. Plötzlich hat er sich dann abgewendet, ist auf den großen Platz zurück, an dem sich sein Hotel befindet. Aber dann ist er doch vorbeigegangen, das große Warenhaus entlang, den Menschentrauben vor den verstopften Eingängen in großem Bogen ausweichend. Bevor er den Platz verließ, hat er sich noch einmal schnell umgeschaut, dann seinen Blick über die mächtigen, mit Rundtürmen bewehrten Festungsmauern schweifen lassen und ist auf einmal weggewesen. Weg, ja, wie vom Erdboden verschluckt, aber wer die örtlichen Gegebenheiten kennt, weiß ja, daß an dieser Stelle die lange Röhre ihren Anfang nimmt, die den Fußgänger unter mehreren verkehrsreichen Straßenkreuzungen hindurchschleust, um ihn in der bekannten Einkaufsstraße auszuspucken. Aber statt dort aufzutauchen, wie man es von unkundigen Fremden gewöhnlich erwartet, die sich von dem nicht endenwollenden Menschenstrom einfach dahinschieben lassen, ist der Amerikaner ganz im Untergrund verschwunden, ja, auf einmal hat er nämlich sein gemütliches Tempo aufgegeben, hat sich wie ein Wilder durch die Masse geboxt und ist über eine Rolltreppe in die Tiefe entwischt. Erst ganz am anderen Ende der Stadt, im birkenreichen Südwesten, ist er wieder ans Tageslicht geklettert, um erneut sein gemächliches Spaziertempo aufzunehmen. Zur linken Hand, mächtig wie eine unbezwingbare Felszinne, der Monsterbau der Universität, zur rechten, flußumschlungen und in viele kleine Rechtecke zerschnipselt, der Brei der Stadt. Und nun lehnt er da. Und ein paar Meter weiter lehnt auch jemand und ist auch ganz Auge für das Panorama. Oder?

Zurück zur U-Bahn also. Die gleiche Hektik, eine plötzliche Kehrtwendung, und knapp vor dem zischenden Zugehen der Türe ist der Amerikaner mit einem Satz im Zug.

Wieder die bekannte Einkaufsstraße. Der Sog kaufwütiger Menschen vor dem Eingang eines Warenhauses. Die Stiege hinauf, die nächste herunter, Geschiebe, Gestoße, schon wieder einer, der sich vordrängen will! Keifende Frauen, seufzende Rentner, zeternde Verkäuferinnen, nichts wie weg! Ein Moment der Unschlüssigkeit, dann setzt der Amerikaner seinen Weg bergauf fort. Er wirkt entspannt. Beim Geschäft »Bücher« bleibt er stehen, studiert die Auslage, geht hinein, blättert mal da, mal dort in einem aufgelegten Buch, und nur einem aufmerksamen Beobachter würde auffallen, wie sein Blick nicht in das Buch, sondern aus den Augenwinkeln heraus auf die danebenstehenden Personen gerichtet ist. Nach einer Weile geht er wieder, unterquert die Straße in einem Fußgängertunnel, läßt sich mit dem Passantenstrom in den Eingang eines anderen Geschäftes mit der Aufschrift »Souvenirs« treiben, schlendert weiter und hält schließlich abrupt vor einem dieser Glaskästen, auf denen weithin sichtbar »Information« steht. Für eine Kupfermünze bekommt man hier jede gewünschte Adresse, sogar ein Klassenfeind ... Der hat es nun überaus eilig: Mit raschen Schritten legt er noch ein kleines Stück auf der Hauptstraße zurück und biegt nach einem kurzen Blick über die Schulter in eine Sackgasse ein, in der sich – nur Einheimischen bekannt – ein wenig benützter und daher auch selten kaputter Telefonautomat befindet. Zielsicher geht er darauf zu, legt das Zweikopekenstück in den Schlitz, wählt und legt augenblicklich wieder auf, als er bemerkt, wie direkt hinter ihm und ohne ersichtlichen Grund eine schwarze Limousine hält.

Maja ist übersiedelt – es darf nicht wahr sein! Irgendwohin an den Stadtrand zwar, wie alle Leute, die aus dem übervölkerten Zentrum, aus den großen Gemeinschaftswohnungen der pompösen Mietshäuser ebenso wie aus den letzten abbruchreifen Blockhütten, hier angesiedelt werden, wie all die vielen tausend Bewohner, die jährlich Millionen Quadratmeter Wohnfläche in den neuen Vierteln in Besitz nehmen dürfen, in Hochhäusern, die in Rekordzeit, vorfristig und vorvorfristig dank des aufopferungsvollen Einsatzes der vom Enthusiasmus beflügelten Bauarbeiter errichtet worden sind. Was heißt errichtet, aus dem Boden wurden sie gestampft, den gestern noch wogende Kornfelder bedeckten, hingepflanzt mit mächtiger Faust, viele Stockwerke hoch, viele hundert Meter lang, als weithin sichtbares Zeichen des Anbruchs einer neuen Ära!

Was auch immer, was zählt, ist: Maja hat eine eigene Wohnung, und natürlich hat dabei ein gewisser A. I. seine Hand im Spiel gehabt. Aber nein, hat er abgewehrt, als sie sich bedanken wollte. Sie haben dem Staat, unserer Partei zu danken …

Ihr Glück ist das eines Kindes, das sein erstes Taschengeld bekommen hat – es glaubt, sich die Welt damit kaufen zu können. Keine neugierigen Ohren an den Wänden! Kein Streit mit den Mitbenützern der Küche um die Gasflamme fürs Mittagessen! Kein langes Gerede, wer heute zum Aufkehren des Vorzimmers drankommt! Kein stummer Vorwurf, keine versteckte Hoffnung in den Augen des enttäuschten Ex-Mannes! Allein! Allein!

Allein aber auch mit neuen Problemen: Niemand, der dir auf das Kind schaut, niemand, der dir die schweren Taschen mit dem Allernötigsten aus der Stadt herbeischleppt, niemand, mit dem du reden kannst, denn auf einen Telefonanschluß wird Maja wohl noch Jahre warten müssen.

A. I. weiß, wie immer, einen Ausweg: Aber ich bitte Sie, kein Problem ...

Wenige Tage später ist Maja also im Besitz des einzigen Anschlusses in ihrem Haus: Hallo, Nummer ...? Ja, hier Nummer ... Ein Auslandsgespräch. Ich verbinde ... Hallo, wie geht's? ... Gut, und Ihnen? ... Auch. Ich komme demnächst. Werden Sie Zeit haben? ... Ich werde mir die Woche für Sie offenhalten ...

Was mach ich nur mit dem Kind? überlegt Maja fieberhaft. Ich muß ihn sehen, ich muß ihn warnen! ...

Irgendwann, irgendwie ist etwas aufgebrochen in dir. Du kannst es nicht in Worten sagen, du kannst es nur fühlen, ahnen, mit einer Faser deines Herzens registrieren. Und feststellen, wie sich die Welt verändert hat. Du siehst den Menschen, an denen du bisher achtlos vorübergingst, auf einmal genau ins Gesicht. Die täglichen Wege als Suche nach den Narben der Vergangenheit, als Blick hinter die Kulissen der Gegenwart. Die Stadt, alles Leben darin, auf einmal Ausdruck ungeheuerlicher Zusammenhänge. Das Kommen und Gehen der Tage, Wochen, Monate als körperlicher Schmerz. Nichts ist mehr, wie es war, jedes Argument provoziert ein Gegenargument, jeder Triumph eine Niederlage. Jeder Beweis für die Richtigkeit offizieller Darstellung zerbröckelt als abstrakte Konstruktion. Zurück bleibt Bitterkeit: die Bitterkeit der Ohnmacht, die Bitterkeit der Scham. Resignation.

Der Biß der Wirklichkeit hat aber auch an Schärfe verloren. Zärtlichkeit kommt auf ohne Grund, seit eine Hand in einem Taxi verstohlen über Majas Haar strich. Versöhnlich legen sich die Farben des hereinbrechenden Herbstes auf Betonweiß und Asphaltgrau, das den Blick abgestumpft und das Herz eingepanzert hat, ganz neu wächst der alte Mond aus den Schluchten der Stadt, reist, mit silbernen Wünschen beladen, über diese mit sich selbst zerworfene Welt. Ein freundliches Wort, ein zufälliges Lächeln, eine wohlmeinende Geste werden wie eine Kostbarkeit durch die Gereiztheit des Alltags getragen, und Glück ist auf einmal die bloße Erkenntnis, daß man das Denken und Fühlen wieder gelernt hat.

Irgendwann, irgendwie sind die Besuche des Amerikaners zu einer Notwendigkeit geworden, die nichts mit seinen Mitbringseln, dem hübschen Halstuch, dem modischen Gürtel oder dem Kaugummi fürs Kind, zu tun hat. Vor allem, seit er sie ins Vertrauen gezogen hat. Und seit sie etwas weiß, das A. I. noch nicht weiß. Und hoffentlich nie erfahren wird.

Unaufhaltsam kürzer werden die Tage, grau und mürrisch gehen sie immer längeren Nächten entgegen. Das frostige Rascheln der Blätter, die es verabsäumt haben, zur rechten Zeit zur Erde zu segeln, läßt aufhorchen, kahles Astwerk hält der eisige Wind in seiner dürren Faust. Seltsame Früchte die frierenden Vögel, aufgeplustert hocken sie im Gesträuch ums Haus, eifrig webt der Himmel am weißen Gespinst, in das er über kurz oder lang die Stadt hüllen wird. In den Straßen geben die ersten dicken Mäntel das Signal zur Umstellung auf den Winter – die Autobusse können merklich weniger von diesen ausgestopften, wattierten Menschen fassen –, und wer zu Hause noch nicht die Fenster verklebt hat, holt dies schleunigst nach. Spätherbst.

Bills Geschäfte, das Barometer der internationalen Wetterlage, gehen schlecht. Weshalb, das läßt sich nur vermuten. Man will nicht mit ihm verhandeln. Sagt Termine kurzfristig ab und erinnert sich an keine Zusagen. Seine Fragen werden mit bedauerndem Achselzucken beantwortet, denn seine Geschäftspartner wissen selbst nicht, wie die Direktiven von oben zu deuten sind.

Er sollte wieder heimfliegen. Er hat hier nichts mehr verloren. Oder doch?

Den eleganten Diplomatenkoffer auf den Knien, den Kopf vornübergebeugt, als wäre er einer dieser Alkoholiker, die sich nicht nach Hause trauen, so sitzt er auf der Parkbank und läßt den trüben Blick die leere Allee entlangschweifen. Das leise Scharren der über den Asphaltweg treibenden Blätter, ihre Fragen, ihre Klagen:

Genau wie damals ... Nur warst du jünger ... Sollen wir den Kreis schließen? ... Das muß der tun, der diese Geschichte erfunden hat ... Geschichte? Erfunden? ... Aber der Kreis ... Muß offenbleiben, du hast keine Zeit mehr. Dein Herz ...

Der Amerikaner erhebt sich mit einem Ruck und hat es auf einmal wieder eilig. Mehrmals blickt er sich um, ehe er eine Telefonzelle ansteuert. Er fühlt sich müde, erschöpft, ausgebrannt.

Hallo? Ich bin's. Ich fliege wieder ab, aber ich habe noch einen wichtigen Termin, für den ich Sie unbedingt brauche. Passen Sie gut auf, wir treffen uns ...

Erbsengrüne Wände. Das Porträt des oftmaligen Helden des Krieges und der Arbeit, des unerschrockenen Kämpfers für den Frieden, des vielfachen Ordensträgers, Literaturpreisträgers, Parteivorsitzenden, Marschalls und Staatsoberhauptes, ganz einfach des Genossen B. Ein schöner Mann. Dunkle Mähne, faltenlose Stirn, sinnender Blick unter dichten Brauen, die linke wie fragend hochgezogen. Nur der Mund, irgendwas ist mit seinem Mund ...

A. I.'s Stimme, ach ja, derselbe Mund, aber kein

Gesicht. Bloß das kalte Funkeln einer randlosen Brille über einem blankpolierten Schreibtisch, der nur dazu da zu sein scheint, um drei Telefonapparaten als Unterlage zu dienen.

Na, wie geht's denn so? Zufrieden mit der Wohnung?

Natürlich, Sie wissen gar nicht, wie dankbar ich bin.

Keine Ursache, keine Ursache ... Und sonst? Was gibt es sonst? Sie spannen mich ganz schön auf die Folter!

Ja, ich wollte ohnehin die längste Zeit zu Ihnen kommen ...

Ich bin ganz Ohr.

Ja, nein, es ist nur, ich meine ... Es ist mir nicht mehr möglich ...

So, so ...

Sie wissen doch, ich bin allein, ich habe niemanden für das Kind ...

Und warum stecken Sie es nicht in den Kindergarten?

Ich hab es versucht, aber es ist ständig krank.

Sie wollen also nicht mehr? Bieten wir Ihnen zu wenig?

Gott behüte! Sie müssen verstehen ...

So einfach, meine Liebe, ist das nicht.

Wie – meinen Sie das?

Nun, erstens sind Sie mir noch gewisse Auskünfte schuldig, und zweitens wird Sie unser Freund sicher ungern entbehren. Meines Wissens ist er recht zufrieden mit Ihnen.

Trotzdem, ich muß Sie bitten ...

Nun, wie Sie wollen. Aber bedenken Sie, daß ich Sie dann nicht länger aus gewissen Dingen heraushalten kann.

Ich verstehe Sie nicht.

Naja, es gibt da Momente in Ihrer Biographie, die bei näherer Betrachtung nicht ganz, wie soll ich sagen, optimal sind. Sie haben uns zum Beispiel verschwiegen, daß Ihre Mutter nach Paragraph achtundfünfzig eins, zwei und sechs, um nur einige zu nennen, rechtskräftig verurteilt worden ist.

Wovon reden Sie?

Aufwiegelung, Spionage und Terror! ...

Aber sie wurde rehabilitiert!

Schon möglich.

Wissen Sie vielleicht, was aus ihr geworden ist?

Das, was aus allen Verrätern geworden ist ... Aber da wäre noch etwas: Wie sind Sie eigentlich zu Ihrer Aufenthaltsberechtigung in unserer Stadt gekommen?

Ganz legal. Durch meinen Mann!

Legal fiktiv würde ich sagen.

Und das Kind, ist das vielleicht auch eine Fiktion?

Wir sind informiert. Aber das wiegt nicht so schlimm wie Ihre Verstöße gegen das Devisengesetz. Sie wissen doch, daß Sie als Bürgerin unseres Landes nicht zum Besitz von hartem Geld berechtigt sind.

Aber das haben Sie mir doch selbst angetragen ...

Ich? Überlegen Sie gut. Ich habe Ihnen nie etwas Derartiges angetragen!

Aber! ...

Also? ...

Maja ist eben vom Einkaufen in der Stadt zurück. Schweißgebadet, wenn auch erleichtert, stellt sie die schweren Taschen ab, um das bei der Nachbarin versetzte Kind auszulösen, da läutet im Zimmer das Telefon:

Hallo? Hier Bill ...

Seine sonst so ruhige, gleichgültige Stimme klingt konzentriert und drängend. Maja begreift augenblicklich, daß er ihr etwas Wichtiges mitzuteilen und sie keine Minute zu verlieren hat.

Sie treffen einander, beide auf Umwegen, im Gewühl eines im Zentrum gelegenen Warenhauses. Sie kann ihn nicht sehen, sie kann ihn nur spüren, wie sich seine Hand in ihre Manteltasche schiebt. Sie greift danach, doch die Hand ist fort, die Tasche leer. Nein, nicht ganz, denn ein zerknüllter Zettel ist darin zurückgeblieben.

Ich konnte meine Nachforschungen nicht zu Ende führen, liest Maja später darauf. Sie waren hinter mir her, und so ist es mir nicht mehr gegönnt, meine Vermutungen bestätigt zu finden. Ich muß Sie – Dich bitten, mir in Deinem eigenen Interesse diesen Gefallen zu tun: Fahre unverzüglich zur angegebenen Adresse und laß mich dann verschlüsselt wissen, ob es stimmt. Wann ich wiederkomme, steht in Euren verdammten roten Sternen geschrieben ...

Dieser Name! denkt Maja. Wieso kommt er mir nur so bekannt vor? ...

Während Maja einige Stunden später einer alten Frau weinend in den Armen liegt, hebt Bills Maschine vom Boden ihrer Welt ab, um geradewegs Kurs auf seine Welt zu nehmen, von einer Wirklichkeit in die andere zu wechseln, die genauso den Absolutheitsanspruch vertritt, die einzig richtige zu sein. Aber das ist es nicht, was ihn jetzt beschäftigt. Mit geschlossenen Augen sitzt er da und läßt sich, scheinbar schlafend in seinen Sitz zurückgelehnt, über Dächer, Straßen, Wälder und Flüsse hinweg, in eine schmerzlose Resignation hinübertragen.

Dunstverhangen und bruchstückhaft, wie die Welt unter ihm, ziehen Jahre seines Lebens vorüber, zieht der Kreis vorüber, den die Sicherheitsorgane dieses Landes versehentlich geschlossen haben: Kalter Krieg, diplomatische Karriere, Erfolge, Reisen, Begegnungen, Amouren. Aber auch die Langeweile des Salonlöwen, die Frustration des exterritorialen Daseins. Und die schicksalhafte Begegnung mit einer Frau, die er nie mehr vergessen würde. Auf einem Empfang hatte er die junge Schauspielerin, offizieller Gast der Botschaft, kennengelernt. Es war die sprichwörtliche Liebe auf den ersten Blick. Sie trafen sich in der Folge heimlich, im vollen Bewußtsein der Gefahr – er riskierte seine Karriere, sie ihre Existenz. Es waren Begegnungen auf Umwegen, Schleichwegen – und ohne Hoffnung. Die Romantik der Entdeckungsgefahr. Die Illusion des Augenblicks. Eine Freundin gewährte ihnen Unterschlupf. Dann der Tag, an dem Irina nicht wiederkam. Und ein anderer, an dem der Amerikaner ohne Angabe von Gründen des Landes verwiesen wurde.

Als sein Flugzeug den Luftraum des Landes in zehntausend Metern Höhe verläßt, schließt sich eine Lücke in Majas Leben. Immer wieder will sie von der alten Frau hören, wie das damals war, wie deren Freundin ausgesehen habe, wie der Ausländer ausgesehen habe, mit dem sie sich bei ihr getroffen habe, von den Verhören, der Hetzjagd gegen die Schwangere, wie man ihr nahelegte, das Kind abtreiben zu lassen, diese Schande, einen Volksfeind im Leib zu tragen, wie dieses Kind, kaum geboren, seiner Mutter weggenommen und wie die eingesperrt und deportiert wurde. Nie wieder habe man etwas von ihr gehört, während sie selber, die Mitwisserin, wie durch ein Wunder die Lagerhölle überlebte.

Daß ich das noch erleben durfte ...

Die Tage wachsen, einer frostiger als der andere, dem Licht entgegen, der Wärme, spannen gläsernes Blau über eine Welt, die nur die Gewohnheit noch in Gang hält.

Blendendes Weiß auf den Schandflecken der Stadt, erst im April welkt es, wird staubig, grau.

Das Gewitter der politischen Krise ist abgezogen, die beiden Hälften der Erde haben erkannt, daß sie einander brauchen, die Wirtschaftskontakte streben einem neuen Höhepunkt zu, wenn man den Zeitungen glauben darf, und die Geschäftemacher aus aller Welt raufen sich wieder um die fettesten Brocken. Alle kommen sie, nur einer nicht. Sein Herz ...

Hallo? Ja, A. I. hier. Wie geht's denn so? Ach, nein sowas! ... Ich hätte da wieder wen für Sie, es ist nämlich, ich habe da gestern Nachricht bekommen, unser Amerikaner ist plötzlich ... Sie wissen? Schon lange? Und woher, wenn ich fragen darf, wissen Sie das? Was? Geträumt? Überlegen Sie es sich gut, wem Sie sowas auf die Nase binden! ... Sie bleiben dabei? Ja, sind Sie denn ...

Verdammt, das Biest kann ich abschreiben! flucht A. I. und spuckt auf den Boden, genau unter das Porträt des Genossen B. Der zieht mißbilligend seine linke Augenbraue in die Höhe.

Drei Schwestern

Dem alten Mann ist die Frau gestorben, und dabei hat sie doch so gut gekocht! Nun, Vera, das ist natürlich nicht dein einziger Vorzug gewesen, aber immer, wenn ich mir überlegt hab – und solche Gedanken kommen nun einmal in unserem Alter –, was sein wird, wenn du vor mir stirbst, da ist mir zuallererst das Essen eingefallen, das mir dann niemand mehr hinstellen wird. Du bist eben eine Köchin mit Leib und Seele, deine Knödel, du weißt ja, wie ich die mag, und dein Tafelspitz, wenn wir uns einmal sowas Teures leisten – ein Gedicht! Und erst deine Eintöpfe, nicht zu fad und auch nicht zu übertrieben gewürzt, die Nußkipferln, die eingelegten Pilze, die Salzgurken, der marinierte Paprika, die Marmeladen, dein Herz hast du drin eingekocht, dein liebes, dein gutes, dein einziges Herz ... Hast du? Aber Vera, das geht doch nicht, das kannst du doch nicht machen, doch nicht mit mir, mir! Deinem Mann! Siehst du nicht, wie ich dasitze und auf dich warte, genauso, wie ich es immer tue, wenn du einkaufen gegangen bist, gleich, weiß ich, kommst du, geht die Tür, schwer atmend kommst du herein, dein breites, zerknittertes Gesicht ganz rot, die Füße geschwollen, Schweißflecken unter den Achseln, dein Herz, ja, ja, und ich werde wieder schimpfen, weil du soviel Geld ausgegeben hast, nein, nie mehr werd ich ein böses Wort zu dir sagen, nie mehr, nur bitte, bitte, komm wieder, jetzt gleich, sag, daß es nicht wahr ist, bitte sag mit deinem fremden und doch so vertrauten »r«: Rrichard, mein Guter, das ist alles ein böser Traum, wach auf, schau, was da Feines im Rohr steht, noch nie hab ich dich mit leerem Magen sitzen gelassen, und jetzt hör endlich auf, deine Zeit mit trüben Gedanken zu vertrödeln! ...

Die Zeit, in regelmäßigen Abständen tropft sie aus dem undichten Wasserhahn, und der alte Mann hockt da wie ein weidwundes Tier, umkreist von schlimmen Gedanken: Tot, haben sie gesagt, tot!

Was für ein schreckliches, keinen Einspruch duldendes Wort! Wer hat die Frechheit, ein solches Wort in den Mund zu nehmen, als wüßte er, wovon er spricht? Wer von den Atmenden weiß, was es heißt, nicht mehr zu atmen? Nein, meine Vera ist nicht tot, ihr kennt meine Vera nicht. Alt, ja, das ist sie ohne Zweifel, alt und mit tausend Wehwehchen, immer, solang ich sie kenne, zwickt es sie und zehrt was an ihr, und so schön zum Anschauen ist sie auch nicht mehr wie einmal, aber tot? Hat wer was von tot gesagt? Ihre Frau ist heute gestorben, hat wer gesagt, und seither denkt alles um den alten Mann herum nur mehr dieses eine Wort: Tot ...

Tot die Blumen auf den Tapeten, die die Vera vor dreißig Jahren mit soviel Liebe ausgesucht hat, tot der Herd, an dem sie, in eine Wolke von Duft gehüllt, wie eine Fee gezaubert hat, tot der Eisschrank, vollgestopft mit toten, kalten Vorräten, tot, tot, too-oo-ot!

Wie das brodelt im Leib, wie das wühlt im Bauch, wie das heraufgekrochen kommt den Schlund, eine heiße, rasende Brühe, und da fliegt auch schon der versteinerte Pfropfen aus der zugeschnürten Kehle, und eine salzige Flut ergießt sich über Falten und Warzen und Bartstoppeln auf die blankpolierte Tischplatte, durchtränkt die Rockärmel des alten Mannes, der, wie vom Blitz getroffen, in sich zusammengestürzt ist, den Kopf in den Armen vergraben.

Irgendwann fährt er hoch: Das Telefon! Wie lange es wohl geklingelt hat? Vera! Sie will ihm sagen, daß sie die Frau Schneider getroffen hat, daß sie im Ausverkauf hängengeblieben ist, daß sie die ganze Stadt nach billigen Stoffresten abgeklappert hat. Rrichard, du hast doch nicht vergessen, dir die Gemüsesuppe von gestern aufzuwärmen, hoffentlich hast du sie nicht angebrannt, aber ich komme ohnehin bald nach Hause, bis dahin hältst du es doch aus ... Schwerfällig rappelt sich der alte Mann hoch, tappt benommen zum Telefon, doch noch bevor er den Hörer abgenommen hat, ist das Klingeln verstummt.

Schwankend steht er da, starrt das schwarze Ding an, welches ihm diese unfaßbare Nachricht gebracht hat. Ich muß es wem sagen, man muß doch was tun, wenn wer gestorben ist, ein Begräbnis organisieren, Verwandte verständigen, wie soll ich nur, wen könnte man ... Irgendeine Stimme! Irgendein menschliches Wort! ...

Mit zitternden Fingern blättert er im handgeschriebenen Telefonbuch. Otto? Der ist doch viel zu beschäftigt mit seinem Hausbau, hat noch nie hingehört, wenn ich ihm was erzählt hab. Die Frau Weber vom zehnten Stock? Dieses gierige Weib, die nur von ihrem Hasen redet, den sie sich in der Wohnung hält, ihr falsches Lamento, nein, die schon gar nicht. Und Veras Freundinnen? Ach, die hab ich noch früh genug am Hals. Der Hausarzt? Natürlich, warum ist er mir nicht gleich eingefallen? Der ist genau der Richtige, der weiß am besten, was man in so einem Fall unternimmt!

Der alte Mann wählt hastig, verwählt sich, wählt wieder, wartet. Niemand hebt ab. Ach, fällt ihm ein, der ist ja eben erst in Pension gegangen, die Einweisung ins Spital hat der junge Schnösel gemacht, der die Ordination so eilig übernommen hat, daß man das gar nicht richtig mitbekam. Mit dem reden? Da geh ich eher noch in die Kneipe unten am Eck.

Und Peter, der Neffe in Deutschland? Was soll denn der von dort aus unternehmen? Und so ein Ferngespräch kostet ja auch was. Wen hätten wir noch? Der Rechtsanwalt vielleicht, der seinerzeit die Wohnungsangelegenheiten geregelt hat? Ja, erinnert sich denn der noch? Oder die Frau Müller aus dem Nebenhaus, der Vera hin und wieder was gestopft und gebügelt hat? Sie hat doch kaum was dafür genommen und ihr immer wieder selbstgebackene Kuchen und Kekse für die Kinder gebracht. Jetzt könnte die auch einmal was für uns – uns? – tun ... Der alte Mann wählt. Eine Kinderstimme meldet sich: Die Mutter ist in Paris. In Paris? Was machen junge Mütter heutzutage in Paris? Kopfschüttelnd legt er auf. Und was, wenn du doch eine von Veras Landsmänninnen einschaltest? Die könnten ja gleich die Verständigung ihrer Schwestern übernehmen ... Die Schwestern, mein Gott, das ist ja das Wichtigste, wieso denkst du erst jetzt an sie, die muß man umgehend benachrichtigen, und das kann nur die Lena machen, der hat Vera am ehesten vertraut, die findet auch die richtigen Worte ... Herrgott, wo ist denn die Nummer? Veras Klaue! Immer hab ich ihr gesagt, daß sie ordentlich schreiben soll! ...

Verzweifelt blättert der alte Mann im Telefonverzeichnis, ohne die gesuchte Nummer zu finden. Neue Sturzbäche bahnen sich ihren Weg durch die Schluchten seines Gesichts. Wie ein Betrunkener torkelt er zum Fenster, starrt blicklos hinaus. Herrgott, gibt es überhaupt noch Menschen auf dieser Welt? Der Hof ist voll mit Autos, kein Busch, kein Hund, keine Seele da unten.

Und rundum nichts als geschlossene, verhängte Fenster, die sagen: Ach, laß uns zufrieden, Alter, mit deinem Gejammere! Am Bahndamm, der durch die Baulücke gegenüber sichtbar ist, schiebt sich für einen kurzen Augenblick eine Lokomotive vorbei. Automatisch greift der alte Mann nach dem Feldstecher, den er am Fensterbrett liegen hat. Und kann darin tatsächlich den Schatten eines Menschen ausmachen.

Schwerfällig tapst er zum Telefon zurück. Wählt die Zeit: Es wird mit dem Summerton ... Mir ist meine Frau gestorben! schluchzt er in den Hörer. Die Durchsage wiederholt sich. Ohne ein weiteres Wort legt der alte Mann auf.

Das Begräbnis ist um die Mittagszeit, aber Lisa weiß noch immer nicht, was sie anziehen soll. Sie ist noch nie auf einer Beerdigung gewesen, nahe Verwandte sind, zum Glück, bisher keine gestorben, und für irgendwelche Bekannte, die sich vielleicht anläßlich ihres Ablebens in Erinnerung gebracht haben, war ihr die Zeit zu kostbar – die Familie, der Beruf ... Was sie ausgerechnet auf diesem Begräbnis zu suchen hat? Die alte Frau ist ihr zum Schluß nur mehr lästig gewesen mit ihrem Geseufze, mit dem Ramsch, den sie ihr anhängte, wenn sie hinüberfuhr, mit der ewig gleichen Geschichte von Krieg und Flucht. Sie hat es eben nicht gelernt, hier und im Frieden zu leben, und irgendwann ist Lisa alle Geduld und alles Mitleid ausgegangen.

Sie sucht die dunkelsten Sachen zusammen, die sie besitzt, ein moosgrünes Lodenkostüm wird wohl nicht unangebracht sein, wenn es bloß nicht so heiß wäre ... Schon weit im Oktober, will sich der Sommer noch immer nicht geschlagen geben, eine Gluthitze klammert sich an ausgedörrte, fleckige Blätter, die nur von weitem noch ihre herbstlichen Farbtrümpfe auszuspielen in der Lage sind. Unter einem ausgebleichten, müden Himmel hetzen hemdsärmelige, verschwitzte Menschen ihren täglichen Geschäftchen nach, während ihnen die schweren Pullover und dicken Mäntel in den Auslagen vergeblich drohende Kälte suggerieren.

Fahrt zum Urnenhain. Allein schon der Name! Das Totsein muß dort noch schauriger sein als auf einem normalen Friedhof: der Gedanke an staubige Gefäße, in jedem davon ein Pulver, das blieb von einem Verwandten, einem Freund, einem Menschen.

Hier soll es nur die Verabschiedung geben, also kein Feuer, keine Asche, keine Urne. Trotzdem die Ratlosigkeit: Wo legt man die Blumen hin? Wo stellt man sich auf? Was sagt man zu den Hinterbliebenen?

Vor der Orientierungstafel am Eingang zwei Trauergäste älteren Jahrgangs. Wissen Sie, wo hier die Aufbewahrungshalle ist? wendet sich die Frau an Lisa.

Aufbahrungshalle! korrigiert der Begleiter.

Nein, ich suche selbst nach dem Weg …

Die Frau weist auf die Tafel: Hier, bei Nummer drei steht doch Aufbewahrungshalle. Das wäre ja ganz am anderen Ende des Urnenhains!

Aufbahrungshalle heißt das! korrigiert der Mann geduldig, die Versprecher seiner Frau offenbar längst gewohnt.

Lisa schließt sich dem Strom der dunkelgekleideten Friedhofsbesucher an. Sie sehen nicht so aus, als gehörten sie zur Trauergemeinde der hingeschiedenen Frau S. – zu zahlreich, zu elegant. Offensichtlich werden hier mehrere Tote zur gleichen Zeit beweint. Bevor sie sich entfernt, vernimmt sie noch einmal die Stimme der Frau, die sich nun bei einem Friedhofswärter hartnäckig nach der Aufbewahrungshalle erkundigt.

Die Pakete haben sie umgebracht, die Pakete! hat der alte Mann am Telefon geschluchzt, als ihn die nichtsahnende Lisa endlich erreicht hatte, um sich, ihr schlechtes Gewissen beruhigend, nach dem Befinden seiner Frau zu erkundigen. – Ich hab ihr immer gesagt: Der Krempel ist es nicht wert, daß du deine Gesundheit ruinierst. Der Arzt hat dir doch eingeschärft, daß du dich schonen sollst! Sie aber hat nicht auf mich gehört, war wie besessen vom Kaufen und vom Schicken. Dies noch und das noch, da ein Abverkauf, dort eine Aktion, die Sonderangebote in dem Warenhaus, die Tiefstpreise im nächsten, weiß der Kuckuck, was in sie gefahren ist, als ob die Welt unterginge, wenn sie wo was versäumt ... Die Pakete, diese verdammten Pakete! ...

Lisa begriff. Sie war ihr ein wenig bekannt, diese Einkaufswut, diese besondere Leidenschaft, wenn es darum ging, Verwandte und Freunde in jenem gar nicht so fernen Teil der Welt zu beschenken, in dem es all die Dinge nicht gab, welche in diesem eine Selbstverständlichkeit waren. Man wußte einfach nicht, wonach man in den Supermärkten greifen sollte, denn alles, einfach alles war im Reich der Planwirtschaft begehrt und zu brauchen, von der Seife bis zum Autoersatzteil, vom Kugelschreiber bis zu Schuheinlagen, von Kopfwehtabletten bis zur Waschmaschine, von modischen Kleidungsstücken, vorzugsweise echte Jeans der Marke Levy Strauss, gar nicht zu reden. Im westlichen Paradies des Überangebots lief man außerdem leicht Gefahr, in den Sog des unstillbaren Bedarfs drüben, aber auch der eigenen Großzügigkeit zu geraten, und wurde in Kürze selbst zum Hamsterer und Ramschkäufer, um für möglichst wenig Geld möglichst viele Geschenke zu erstehen.

Aber so, wie Lisa die alte Frau kannte, ging es dieser gar nicht so sehr darum, die reiche Tante zu spielen. Sie schien abgöttisch an ihren Verwandten zu hängen, von denen sie der Krieg getrennt hatte, denn sie lebte und starb nur für die Pakete, die sie ihnen zukommen ließ. Selbst kinderlos, steckte sie alles Geld da hinein, das sie sich vom Mund absparte, zahlte Unsummen an Zollgebühren, bestach mit teuren Geschenken irgendwelche Touristen, daß sie ihre Taschen und Koffer mitnähmen. Auch Lisa hatte sie auf diese Weise bedrängt, als sie erfuhr, daß diese öfter dienstlich drüben zu tun hatte: Ich zahle Ihnen den Träger, das Übergepäck, das Taxi, verlangen Sie, was Sie wollen, nur nehmen Sie um Himmels willen meine Sachen mit! ... Und es war ihr nicht klarzumachen, daß man sich im Grunde nicht ums Schleppen drückte oder auf die großzügigen Entschädigungen aus war, sondern daß man die ärgsten Scherereien haben konnte, wenn man, als Tourist oder Geschäftsreisender mit einem Visum für nur wenige Tage ausgestattet, mit einem Berg von Gepäcksstücken beim Zoll angekeucht kam und dem Beamten weiszumachen versuchte, daß es sich bei deren Inhalt doch bloß um Gegenstände des persönlichen Bedarfs handle.

Die Pakete also waren schuld an Veras Tod gewesen, aber der alte Herr wußte genauso wie Lisa, daß seine Vera nicht ohne sie hatte sein können. Sie hatten ihrem Leben Sinn gegeben, waren ihre Brücke zur Vergangenheit gewesen. Der verzweifelte Versuch vielleicht, ein winziges Stückchen aus jener Barrikade herauszubrechen, die Haß, Mißtrauen und Machtstreben, kurzum die Politik, zwischen den Menschen aufgebaut hatten. Vielleicht auch, der alte Herr konnte es nur ahnen, handelte es sich dabei um nichts anderes als die Begleichung einer Schuld.

Eigentlich haßte er die Empfänger dieser Pakete, die beiden Schwägerinnen und deren Brut, die er nur aus

Briefen und von vergilbten Photos her kannte. Das ganze Wirtschaftsgeld, das er seiner Frau monatlich aushändigte und über das sie ihm peinlich genau Rechenschaft ablegen mußte, ging drauf, und wenn sie nicht so eine geschickte Hausfrau und blendende Köchin gewesen wäre, die es verstand, aus den unansehnlichsten Stengeln noch einen Gemüsetopf zu zaubern und den Verkäuferinnen solange zuzusetzen, bis die ihr einen Extrarabatt einräumten, hätten die da drüben wohl kaum je mehr als hin und wieder ein paar Tafeln Schokolade von ihm gesehen. Da er aber seine Frau abgöttisch liebte, machte der alte Herr gute Miene zum bösen Spiel und setzte ein saures Lächeln auf, wenn sie ihm stolz von ihren Erfolgserlebnissen in den Warenhäusern erzählte.

Zehn Kilo hat das Zeug gewogen! setzte der alte Herr sein Telefongespräch mit Lisa fort, als er sich beruhigt hatte. Aber sie ließ es sich nicht ausreden, alles selber heimzuschleppen, und am Nachmittag war ihr dann so schlecht, daß ich gleich den Arzt gerufen habe. Der hat sie sofort ins Spital eingewiesen ... Ich muß Veras Schwestern verständigen. Bitte, helfen Sie mir!

Das war es also, was auf Lisa zukam: Sie sollte zwischen dem alten Herrn und dessen Schwägerinnen vermitteln, die sich ja nicht verständigen konnten. Aber Lisa wußte auch, daß sie dies der Verstorbenen schuldig war. Sie war wie eine Großmutter zu Lisas Kindern gewesen, als die noch klein waren und Lisa nach ihrem durch die Scheidung bedingten Wiedereintritt in den Beruf niemanden hatte, der auf sie aufpaßte. Wäre Frau S. nicht gewesen, Lisa hätte den Anschluß nicht mehr geschafft. Bloß in dem Maß, in dem ihre Kinder größer und selbständiger wurden, wurde auch fremde Hilfe immer überflüssiger, und Lisas Besuche gestalteten sich zunehmend zu lästigen und seltenen Pflichtübungen. So kommen Sie doch! drängte die alte Frau am Telefon. Ach ja, ihr Jungen, ihr habt halt keine Zeit für uns Alten, erst, wenn's zu spät ist, erinnert ihr euch an uns! ...

Nun hat die alte Frau ihre Drohung wahrgemacht und ist gestorben. Und ausgerechnet jetzt, wo Lisa doch Urlaub machen wollte und nicht weiß, wo ihr der Kopf steht.

Ich muß Veras Schwestern verständigen, aber wie soll ich das machen, wenn ich nicht mit ihnen reden kann? schluchzt der alte Herr.

Lisa, berufshalber mit der russischen Sprache vertraut – sie ist Sekretärin im Übersetzungsbüro einer großen Firma –, ist zu diesem Zeitpunkt noch der irrigen Meinung, die Sache wäre mit der Abfassung eines knappen Telegrammtextes erledigt.

Und was mach ich, wenn meine Schwägerinnen zum Begräbnis kommen wollen? klagt der alte Herr.

Ach, die bekommen doch sowieso keine Ausreisegenehmigung, vor allem in so kurzer Zeit, beruhigt ihn Lisa. Wenn sie all die Jahre keine gekriegt haben, wird es diesmal nicht anders sein.

Lisa, ja, sie kannte die Geschichte der Frau S. so ungefähr, hatte sie sich weiß Gott wie oft anhören müssen. Das fing mit der Kindheit in der ukrainischen Heimat an, mit den Eltern und den Freunden, ging weiter mit Hunger und abgebrochenem Studium, und spätestens beim Kapitel Krieg brach die gute Frau in Tränen aus. Alles, was dann kam, war so konfus, daß Lisa es aufgab, deren Schicksal nachvollziehen zu wollen. Viel, am meisten eigentlich, war von zwei Schwestern die Rede, von Olga und Ludmilla, den noch lange nach Kriegsende totgeglaubten und dann doch wiedergefundenen, mit denen sie nun seit Jahren fast täglich korrespondierte, viel auch von ihrem Neffen, von dem Lisa nie ganz mitbekam, wessen Sohn er eigentlich war, der von Olga oder der von Ludmilla. Manchmal sprach Frau S. von einem ersten Mann, der einerseits in der Heimat erschossen worden sei, ihr andererseits geholfen habe, sich in der Fremde eine neue Existenz aufzubauen. Man konnte nur vermuten, daß es sich dabei um zwei verschiedene Männer handelte. Eine große Rolle spielte weiters die abenteuerliche Flucht, Internierung (vorher? nachher?), jahrelang lebte sie im Untergrund, naja, naja, und eigentlich habe es ja doch nur einen Mann in ihrem Leben gegeben, Rrichard, den Guten, obwohl er sie nicht verstehen könne, obwohl er rein gar nichts verstehe ...

Am letzten Arbeitstag vor Lisas Urlaubsantritt ist Herr S. erneut am Telefon. Seine Stimme ist gebrochen, er kämpft immer noch mit den Tränen. Entschuldigen Sie, wenn ich Sie im Büro störe, aber ich hab da eben ein Telegramm bekommen, was das wohl zu bedeuten hat?

Mühsam buchstabiert er den Text, die unverständlichen Worte, aber auch Lisa braucht einige Zeit und Phantasie, um aus der wirren Transkription der Post sowie der sinnentstellenden Verknappung der Sätze die Nachricht zu entschlüsseln: Teile umgehend Begräbnistermin mit. Visum wurde zugesichert. Ludmilla und Olga.

Der alte Mann ringt nach Luft, schluchzt fassungslos: Ja, aber, ja, aber – wie stellen sich die denn das vor?

Lisa weiß keinen Trost. Sie hat weder eine Ahnung, wie sich diese Ludmilla und Olga was vorstellen, noch wie der alte Mann mit den zwei fremden Damen fertigwerden soll. Immerhin geht er auf die neunzig, die Schwägerinnen vielleicht auf die achtzig zu, und, von diesem sowie dem Sprachproblem abgesehen, handelt es sich bei dem geplanten Besuch um die erste Reise der Schwestern ins kapitalistische Ausland.

Bitte, beruhigen Sie sich, redet Lisa auf den alten Mann ein. Erstens ist noch nicht gesagt, daß sie das Visum auch wirklich bekommen, und zweitens werden sich bestimmt die Landsmänninnen Ihrer Frau um die Damen kümmern.

Um Gottes willen, hören Sie mir mit denen auf! kommt es geradezu wie ein Aufheulen aus dem Telefon. Mit diesen Weibsbildern will ich mir überhaupt nichts anfangen! Ich will nicht auch noch zu ihrem Klatschobjekt werden. Es reicht, daß sich meine Vera mit ihnen abgegeben hat!

Lisa kann nicht wissen, welch ein Dorn die Busenfreundinnen der seligen Frau S. im Auge des Witwers sind. Da sitzen sie ständig beisammen, so ist seine Meinung, mal bei der einen, mal bei der anderen, beschnattern sich in ihrer zungenbrecherischen Sprache, die klingt wie ein aufziehendes Gewitter, hören Platten mit sentimentalen Volksweisen und lesen sich gegenseitig die Briefe aus ihrer alten, längst zur Fiktion gewordenen Heimat vor, während ihre in der Fremde erworbenen zweiten und dritten, vielleicht auch vierten Männer, wenn die überhaupt noch existieren, in die Parks zum Taubenfüttern oder in die Warenhäuser zum Preisvergleichen geschickt werden.

Meinen Urlaub kann ich abschreiben, denkt Lisa, als sie den Hörer aufgelegt hat.

Die Zahl der Trauergäste ist größer, als vermutet. Vera hat über Vereinsamung geklagt, woher also die vielen Leute? In Gruppen stehen sie beisammen, eine durchwegs betagte, dunkel gekleidete Gesellschaft, Grüße, Verneigungen, Stöcke und Krücken, zusammengesteckte Köpfe, scheele Blicke auf Unbekannte, Taschentücher, Blumen, rotgeweinte Augen. Um den

Witwer haben sich ein paar einstige Arbeitskollegen geschart sowie ein halbes Dutzend entfernter Verwandter, während die abseits stehenden alten Frauen an der fremden Sprache, in der sie sich gegenseitig ihre Anteilnahme versichern, unschwer als die letzten Vertreter einer immer kleiner werdenden Kolonie zu erkennen sind, die Vertreibung oder Flucht aus der Heimat zu einer verschworenen Schicksalsgemeinschaft zusammengeschweißt hat. Ihrer eleganten schwarzen Kleidung ist die Sorgfalt anzusehen, mit der sie ausgesucht wurde, kein Wunder, häufen sich doch die Anlässe, zu denen sie gebraucht werden. Hier jedenfalls ist von der sonst im Alltagsleben praktizierten Sparsamkeit nichts zu merken.

Lisa, mit ihren vierzig Jahren auch nicht mehr die Jüngste, wird als einzige Vertreterin der jungen Generation mißtrauisch beäugt. Einigen der Frauen scheint sie jedoch vom Hörensagen bekannt zu sein, denn tuschelnd stecken sie bei ihrem Anblick die Köpfe zusammen.

Eine kleine dürre Person mit stark gepudertem Gesicht und lilastichigem Haar löst sich schließlich aus der Gruppe, geht auf Lisa zu und spricht sie im ortsüblichen Dialekt an; nur die mißratenen Umlaute deuten darauf hin, daß sie vor sehr langer Zeit mit einer anderen Sprache aufgewachsen ist.

Wir kennen uns doch! sagt sie.

Lisa weiß mit dieser Behauptung nicht viel anzufangen. Frau S. ist die einzige Emigrantin, die sie gekannt hat.

Ich habe doch dem Professor Iwanow nach dem Tod seiner Frau den Haushalt geführt, und Sie waren seine Schülerin!

Lisa erinnert sich vage. Tatsächlich, bei diesem Iwanow hat sie Russisch gelernt, und er ist es gewesen, dem sie ihr Interesse für dieses Land zu verdanken hat, mit dem sie nun beruflich und auch privat durch Freundschaften verbunden ist. Und Frau Iwanowa hat ihr Nationalspeisen aufgetischt, Deckchen gehäkelt, Platten und Bücher geschenkt und jedesmal geweint, wenn Lisa ging. Iwanow selbst redete immer wieder, ohne daß sich Lisa sonderlich dafür interessiert hätte, von seiner Vergangenheit als Kosake oder Partisan, wahrscheinlich beides, kramte Orden hervor, die Lisa nichts sagten, und sprach vom Antichrist, der sein Land in Besitz genommen habe und bald auch die ganze Welt beherrschen werde. Einmal, richtig, da hat er sie auch in die orthodoxe Kirche mitgenommen, was heißt Kirche, eine windige, weihraucherfüllte Baracke war das, in der sich eine Handvoll von Greisen einfand, um mit dünner, zittriger Stimme endlose Gesänge herunterzuleiern. Trotzdem hat sich Lisa der Rührung nicht erwehren können, wenn der weißhaarige Pope im prächtigen Gewand die Ikonen küßte und seine volle, tiefe Stimme, mit der er zwischendurch Gebete sprach, Gebete, die nach Beschwörungen klangen, über die Köpfe seiner kleinen Gemeinde rollen ließ, als wäre er selbst der liebe Gott. Nun, und als die Frau Iwanowa eines Tages starb, da tauchte bald nach dem herzzerreißend beweinten Verlust diese Lilastichige in der Wohnung des Russischlehrers auf.

Er hat mir natürlich alles vermacht, schwatzt die nun auf Lisa ein. Finanziell bin ich ganz gut ausgestiegen. Aber Sie haben keine Ahnung, wieviel Scherereien ich mit dem Nachlaß hatte, und um das Grab muß ich mich ja immer noch kümmern …

Lisa bekommt das nicht recht mit, ihre Aufmerksamkeit gilt jemandem anderen. Entschuldigen Sie, murmelt sie und bahnt sich ihren Weg weiter durch das nachtdunkle Gewühl.

Wer von diesen Frauen ist Olga, die trauernde Schwester der Hingeschiedenen?

Die Frage ist müßig, denn, in der Aufbahrungshalle angekommen, gibt es keinen Zweifel mehr. Wie ein vor dem Leninmausoleum postierter Soldat steht Olga dort und hält, starr vor sich hinblickend, die Ehrenwache vor dem blumengeschmückten Sarg. Mir gehört die Tote, mir! scheint ihre stramme Haltung auszudrücken. Lisa bezieht Position in ihrer Nähe, für den Fall von Verständigungsschwierigkeiten, auch wenn Worte hier überflüssig sind. Kerzen flackern, werfen die bizarren Schatten einzelner Blumen auf die nackten Wände. Plötzlich kommt Bewegung in die Menge. Der alte Mann bahnt sich, geleitet von zwei Verwandten, seinen Weg zum Sarg, um einen letzten Blick auf seine Frau zu werfen. Aber da ist Olga davor. Sieht sie nicht, oder will sie nichts sehen, auf jeden Fall weicht sie keinen Zentimeter von der Stelle. In seinem ohnmächtigen Schmerz, in seinem unsäglichen Leid, das mit einem Klagelaut, einem herzzerreißenden Vera! aus ihm hervorbricht, gibt er Olga einen Stoß, daß sie das Gleichgewicht verliert und Lisa auf die Füße steigt. Die tritt mit einem leisen Aufschrei zurück, während der alte Mann, Vera!, Vera! rufend, auf den Sarg zustürzt. Starke Arme umfangen ihn, drängen ihn zurück, ohne daß es ihm vergönnt gewesen wäre, in dem von Blumen umrahmten fahlen Wachsabdruck die vertrauten Züge seiner geliebten Frau auszumachen.

Stumm umarmt ihn Olga, in deren strenges Gesicht erstmals Bewegung gekommen ist. Ihre Tränen vermischen sich mit den seinen, aber einen Augenblick später hat sie sich schon wieder in der Hand.

Sie schaut aus, als wär sie lebendig, flüstert sie Lisa zu, als Herr S. im Gewühl verschwunden ist und die Trauergäste nun der Reihe nach am Sarg vorbeiziehen. Sie schaut aus, als schlafe sie bloß. Macht ihr das hier auch mit Formalin?

Ehe Lisa so recht den Sinn der Frage begriffen hat, wird der Sarg in die angrenzende Kapelle geschoben, welche die Trauernden nun durch den Vordereingang betreten. Als letzter verläßt die Aufbahrungshalle ein Bediensteter im schwarzen Umhang, dessen Aufgabe es ist, die am Eingang befestigte Parte der abgefertigten Toten gegen die nächste auszutauschen.

In der Kapelle wird für Lisa ein Platz in der ersten Reihe neben Olga freigehalten. Sie soll ihr die Worte des Geistlichen übersetzen. Ob die atheistische Olga etwas mit Himmel und Hölle oder gar mit Bibelzitaten anfangen kann? Olga nickt jedenfalls zustimmend mit dem Kopf und erhebt auch bei der Erwähnung des Allmächtigen und der Sündhaftigkeit der Erdenbewohner keinen Einspruch. Ein paarmal wischt sie sich sogar verstohlen über die Augen. Es war sehr schön, sagt sie beim Hinausgehen. Ich hab noch nie eine so schöne Rede gehört! ...

Draußen vor der Kapelle schlägt den ins Freie Strömenden die Sonne mit ihrem letzten Aufgebot an Sommerhitze entgegen. Die Leute wischen sich den Schweiß von der Stirn. Lisa verwünscht ihr Lodenkostüm. Auf einer steinernen Umfriedung sitzt ein Friedhofswärter und gurgelt eine Flasche Bier hinunter.

Da sind Sie ja! Wo haben Sie die ganze Zeit gesteckt? Die arme Vera hat immer von Ihnen geredet, sie war doch wie eine Großmutter für Ihre Kinder. Wie geht es Ihnen? Was treiben Sie so? Ich habe gehört, Sie fahren von Zeit zu Zeit hinüber? ...

Eine kleine rundliche Alte ist Lisa in den Weg getreten und hat offensichtlich vor, jetzt, wo Frau S. tot ist und Lisa keine Taschen mehr anhängen kann, ihr die eigenen aufzuschwatzen. Ob sie die Spekulantin ist, von der Frau

S. einmal erzählt hat? Dieses Weib, hat sie gesagt, hat eine Tochter drüben gelassen, der versucht sie immer Devisen und Pelze hinüberzuschmuggeln, die wiederum beschafft ihr Schmuck, Ikonen und Samoware, mit denen verdient sich die Mutter hier eine goldene Nase!

Die arme, arme Vera! schluchzt die nun. Und: Der arme, arme Richard! Er tut mir ja so leid. Ich tue für ihn, was ich kann. Wissen Sie, ich war es, die ihm das Begräbnis arrangiert hat. Er hat doch keinen Menschen ...

Ihre Worte streifen Lisa wie der Flügelschlag des nächsten Aasgeiers, und unter dem Vorwand, daß sie sich um Olga zu kümmern habe, sucht sie schnell das Weite.

Man trifft sich in der Wohnung des trauernden Witwers wieder: er selbst, seine Schwägerin Olga, zwei von Veras Freundinnen, die einzigen, denen er vertraut, weil sie keine Russinnen sind, und Lisa, ohne die hier überhaupt nichts geht. Es gibt ja soviel mit Olga zu besprechen.

Hölzern sitzt sie da, eine alte Frau mit Veras so auffällig gewölbten Augenlidern, jedoch einem fremden, harten Zug um den Mund, die dünnen Haare gefärbt, die Fingernägel lackiert, den stattlichen Leib in ein schwarzes Gewand gestopft, dessen Nähte sichtlich am Platzen sind. Würde sie nicht dauernd von »unserer Partei« und »unserem sozialistischen Vaterland« sprechen, man könnte sie glatt für eine Vertreterin der vorrevolutionären kapitalistischen Gesellschaft halten, für eine jener Kaufmannsfrauen, wie sie auf den Porträts berühmter russischer Maler abgebildet sind.

Der Verlauf der weiteren Diskussion wird diesen Eindruck auch bestätigen: Olga ist eine sehr praktisch denkende Frau.

Eine der beiden Schwestern ist also tatsächlich eingetroffen, die andere hat leider das Flugzeug versäumt, soll aber, vielleicht schon morgen, mit dem Zug nachkommen.

Der alte Mann erwacht aus seiner Betäubung: Wie kann man nur ein Flugzeug versäumen, wenn es darum geht, einen letzten Blick auf seine Schwester zu werfen?

Olga erklärt ihm mit Lisas Hilfe des langen und des breiten, daß die Ludmilla gar nichts dafür könne, schuld sei die Ausreisebehörde, die deren Antrag zuerst abgelehnt habe, wie immer wegen der heiklen Stellung des Neffen Valentin, außerdem sei die Schwester kein sehr erfreulicher Anblick gewesen, vor allem, wenn man sie fünfunddreißig Jahre nicht mehr gesehen hätte, und wer weiß, wie die sensible Ludmilla darauf reagiert hätte.

Der alte Mann schüttelt den Kopf, sowas versteht er ohnehin nicht, das mit Antrag und Visum und Ausreisebehörde, die nicht in der Lage sei, zwei gleichzeitig eingereichte Ausreiseansuchen zu erledigen, im übrigen ist es ihm egal, alles, was zählt, ist seine Vera, die das Zeitliche gesegnet hat und nie mehr wieder »Rrichard, mein Guter« zu ihm sagen wird.

Also, ich meine, meint eine der beiden Freundinnen, wir sollten uns langsam den Kopf darüber zerbrechen, wo Olga heute schlafen wird. Gibt es in der Wohnung überhaupt ein Gästebett?

Herr S. zuckt nur hilflos mit den Achseln.

Olga möchte unbedingt wissen, wovon die Rede ist. Lisa erklärt es ihr. Wo also werde ich schlafen? sagt sie. Doch nicht im Ehebett neben dem Richard! Und wie ist das eigentlich mit meiner Rückfahrt? Mein Visum ist nur eine Woche gültig. Wie kommt man hier zu einer Fahrkarte?

Was?! fährt Herr S. hoch. Ich dachte ... soll ich ihr vielleicht auch noch eine Fahrkarte kaufen?

Also, es muß schleunigst ein Bett her! wiederholt die

Freundin ihre Mahnung. Aber Olga hat andere Sorgen: Wie ist das mit Veras Sachen? Ich nehme an ...

Dann müssen wir gleich morgen ins Reisebüro ...

Erst muß die Ludmilla vom Flugplatz abgeholt werden!

Ja, hat sie nun die Ausreise gekriegt oder nicht?

Das Bett! ...

Und wie ist das mit dem Paket, das die Vera nicht mehr abschicken konnte?

Die Olga kann alles haben! schluchzt der alte Mann. Alles: Veras Kleider, ihre Schuhe, den ganzen Schmuck. Sie hat immer davon gesprochen, daß das ihren Schwestern gehören soll.

Hast du nicht gehört, die Ludmilla kommt mit dem Zug ...

Ich habe außerdem schwarze Rubel mit. Was sind die bei euch wert?

Eigentlich brauchen wir zwei Betten. Die Ludmilla muß ja auch wo ...

Es ist ein heilloses Durcheinander, Lisa kommt mit dem Dolmetschen nicht nach. Die Schwierigkeit ist die, daß jeder, der es so gut mit dem Witwer meint, ununterbrochen den Faden verliert. Kein Wunder auch, denn zusammengerechnet sitzen da vierhundert Jahre um den Tisch.

Woran ist meine Schwester eigentlich gestorben? will Olga nun schon zum dritten Mal wissen.

Mit tränenerstickter Stimme wiederholt Herr S. die Diagnose der Ärzte.

Das gibt es nicht, befindet seine Schwägerin energisch. Daran stirbt man nicht. Eure Ärzte sind schuld! Bei uns wäre es gar nicht so weit gekommen. Wahrscheinlich hat ihnen der Richard zu wenig gesteckt!

Wie übersetzt man sowas?

Ich will meine Vera wieder! klagt Herr S.

Irgendwer tröstet ihn. Irgendwem fällt ein, daß das Kaffeewasser in der Küche längst verkocht ist. Irgendwer versucht der Olga zu erklären, daß Vera auch für viel Geld nicht mehr zu retten gewesen wäre. Im übrigen sei es hierzulande nicht üblich, Ärzte zu bestechen.

Kann die Olga ein Gulasch kochen? sorgt sich der alte Mann.

Ein Gulasch? Was ist ein Gulasch? ... Also, wie ist das nun mit meiner Rückfahrkarte?

Für den Zug oder das Flugzeug?

Das hängt davon ab ... wieviel Gepäck ich bei mir haben werde. Habt ihr leere Koffer für mich? Irgendwie muß ich Veras Sachen ja transportieren.

Ja, hat sie denn keine Koffer mitgebracht?

Außerdem hab ich eine ganze Liste von Bestellungen. Sascha braucht einen Photoapparat und zwei Autoreifen, die Ljusja eine ordentliche Garderobe, die Kinder ...

Wer soll das alles bezahlen? schnaubt Herr S. Die glauben tatsächlich, ich bin ein Millionär. Das kommt davon, weil Vera sie mit ihren Geschenken so verwöhnt hat. Ich hab ihr immer gesagt ...

Ich hab doch Geld mit, ich muß bloß auf die Bank. Außerdem ist anzunehmen, daß ...

Wer besorgt also die Koffer?

Die können warten. Zuerst brauchen wir ein Bett!

Welches Bett?

Ich kann doch nicht mit leeren Koffern zu einem Begräbnis fahren. Was denken sich denn die Leute?

Kann denn nicht die Ludmilla, vorausgesetzt, sie kommt tatsächlich nach, einen Teil der Sachen ...

Die? Ihr kennt meine Schwester nicht, die ist so verkalkt, die verliert und verwechselt alles. Ja, und war da nicht die Rede von einem Paket?

Vielleicht die Frau Weber? erinnert sich eine der Freundinnen. Vielleicht hat die ein Klappbett. Oder leere Koffer.

Der alte Mann fährt hoch: Kommt nicht in Frage, die läßt überall ihren Hasen drüber!

Wir haben etwas ganz Wichtiges vergessen ...

Und was ist mit der Urne? Die möchten Ludmilla und ich schon mitnehmen!

Lisa hätte diese Bemerkung Olgas am liebsten unterschlagen, aber beim Wort »Urna« wird der alte Mann, der am Tisch eingenickt ist, hellhörig.

Was redet sie da?

Sie meint, stottert Lisa, wann wird, äh, die Urne beigesetzt?

In einer Woche, antwortet der alte Mann und wischt sich mit dem Taschentuch über die Augen.

Was ist? drängt Olga. Kann ich sie dann mitnehmen, wenn es soweit ist?

Er möchte sie behalten, sagt Lisa. Sie war seine Frau.

Olgas Stimme bekommt auf einmal einen drohenden Unterton: Sie war unsere Schwester. Ihr Herz schlug nur für die Heimat.

Lisa fällt keine Ausrede ein. Alle, Olga, der alte Mann und die beiden Freundinnen Veras sehen sie fragend an.

Olga wird die Beisetzung nicht mehr abwarten können, lügt sie. Ihr Visum ... Und zu Olga gewandt fährt sie fort: Eine Überführung erfordert sehr viele Formalitäten und ist außerdem ziemlich teuer.

Ich habe doch Geld mit. Außerdem, muß ja, äh, ist denn nicht – noch was da, ich meine, in bar?

Olga möchte wissen, schwindelt Lisa, ob Ihre Frau ein Testament gemacht hat?

Das nicht, soviel ich weiß, aber es gibt Pfandbriefe. Ich habe ihr nämlich geraten, ihr Erspartes in Pfandbriefen anzulegen, und die gehören natürlich den Schwestern. Bloß muß ich noch mit dem Rechtsanwalt reden wegen der Erbschaftssteuer.

Lisa muß Olga erst das ganze kapitalistische System erklären, ehe die begreift, daß sie nicht sofort über das ihr zustehende Geld verfügen kann.

Dann wird die Ludmilla eben so lange dableiben, bis das Geld da ist! beschließt Olga.

Der alte Mann ist mit seinen Gedanken ganz woanders. Hoffentlich weiß wenigstens die Ludmilla, was ein Gulasch ist ...

Aber die Ludmilla, spinnt Olga ihre Gedanken fort, muß unbedingt das ganze Geld ausgeben, denn wenn sie's mitnimmt, knöpfen sie ihr an der Grenze mindestens die Hälfte ab. So sind eben unsere Devisenbestimmungen. Ich werde ihr von zu Hause eine genaue Liste schicken, was sie besorgen soll. Der Sascha hat was von einem Videorecorder gesagt, die Ljusja ... die Kinder ...

Also, Lisa, erklären Sie der Ludmilla, was sowas bei uns kostet.

Das ist nicht die Ludmilla, sondern die Olga, korrigiert ihn Lisa.

Dann eben die Olga ...

Und was ist mit Veras persönlichen Sachen? Wer nimmt die mit?

Das hängt von den Koffern ab ...

Ja, hat sie denn keine mitgebracht?

Wie oft soll ich noch sagen ...

Die mit ihren Koffern! schreit Herr S. Was glaubt denn die, was es bei mir zum Abräumen gibt? Will sie mir meine Hosen auch noch ausziehen?

Wir haben noch immer kein Bett!

Also, ich brauche unbedingt wen, der mit mir einkaufen geht, das heißt, zuerst auf die Bank! ...

Und wie ist das jetzt mit der Fahrkarte?

Das hat noch Zeit. Erst muß geklärt werden, wann die Ludmilla überhaupt ... Und das Paket ... Eigentlich die Urne ... Wieviel ist ein Rubel ...

Lisa platzt schließlich die Geduld.

Ruhe! schreit sie. So kommen wir nicht weiter. Wir machen jetzt eine Liste, und nach der gehen wir systematisch vor.

Sie läßt sich Papier und Bleistift geben und beginnt:

Punkt eins: Koffer besorgen. Punkt zwei: anrufen, ob die Ludmilla auch wirklich abgereist ist. Punkt drei: Flugticket für Olga besorgen.

Olga unterbricht: Das hängt doch davon ab, wieviel Gepäck ...

Punkt drei: Fahrkarte besorgen, in Klammer Flug oder Bahn. Punkt vier: Mit Olga einkaufen gehen, in Klammer Geschenke undsoweiter. Punkt fünf: Bett besorgen.

Das gehört an erste Stelle, schreit Olga dazwischen. Ich kann doch nicht mit dem Richard ...

Punkt sechs ...

Die Leute, die mir bei der Organisation des Begräbnisses behilflich waren, müssen ja auch noch bedacht werden, kommt es verzweifelt von dem alten Herrn.

Das hat doch die kleine Dicke gemacht, erinnert sich Lisa. Sie hat es mir auf dem Friedhof erzählt.

Was, die?! Der alte Herr vergißt für einen Augenblick seinen Kummer. Das ist wieder typisch! Keinen Finger hat sie gerührt, die alte Vettel! Ihr Schwiegersohn, ja, der hat mir wirklich geholfen, weil der im Krankenhaus als Pfleger beschäftigt ist, der hat mich mit dem Auto herumgeführt, aber die! Nie im Leben! ...

Punkt sechs ...

Die Geschenke können warten, erst müssen wir wissen, was es kostet, eine Urne ...

Punkt sechs: Abholung Ludmillas. Punkt sieben ...

Der ganze Eisschrank ist noch voll mit Veras Vorgekochtem. Sagen Sie der Olga, daß sie die Sachen nur aufzutauen braucht.

Lisa übersetzt. Olga hört nicht zu. Sie weiß nicht, um was sie sich mehr Sorgen machen soll: um die Preise im Westen oder die Asche ihrer Schwester.

Punkt sieben: Mit Olga einkaufen gehen ...

Das hatten wir schon ...

Dem alten Mann ist die Frau gestorben, und statt mit ihr, der einen, einzigen, sitzt er nun da mit zwei fremden, die seiner Vera so täuschend ähnlich schauen und sich in ihrer gewittrigen Sprache unterhalten, von der er kein Wort versteht. Aber was gibt es da schon zu verstehen, die vielen Tränen, die mal der einen, mal der anderen über die schrumpeligen Wangen rollen, das Schluchzen, das die schreckliche Leere, die Vera zurückgelassen hat, so qualvoll aufreißt, die unbeholfenen Gesten der Anteilnahme, sie bedürfen keiner Übersetzung. Und wenn dann Ludmilla, des Weinens müde, mit zitternder Stimme auf den alten Mann einredet, ist auch ohne Lisas Hilfe klar, was sie beklagt: Sie kann es nicht verwinden, daß sie keinen Blick mehr auf die tote Schwester werfen konnte, die sie zuletzt als junge Frau gesehen hat. Sie ist zu spät gekommen, hat das Begräbnis um einen Tag versäumt. Die Ausreiseformalitäten – immer wieder versucht sie ihrem Schwager zu schildern, wie sie stundenlang im Wartezimmer der Paßbehörde gesessen sei, um dann, im Gegensatz zu ihrer Schwester Olga, abgewiesen zu werden, erst, als sich deren Mann, ein hochdekorierter einarmiger Kriegsveteran, einschaltete und, mit seinem Armstumpf fuchtelnd und mit den Orden klimpernd, mit dem Austritt aus der Partei und Beschwerden an den

Generalsekretär der Partei höchstpersönlich drohte, ging es dann auf einmal, man brachte ihr den Paß sogar ins Haus und entschuldigte sich, aber da war das Flugzeug schon weg mit der Olga ...

Der alte Mann schüttelt nur stumm den Kopf. Selbst wenn er ihre Worte verstünde, wäre ihm diese Geschichte egal. Ihm ist die Frau gestorben, und diesen fremden Weibern da bloß die Schwester, und ihr Geseufze, ihre Tränen, ihre schrillen Klagelaute, die klingen wie das Gejaule von Hunden, über das sich auch schon die Nachbarn beschwert haben, gehen ihm allmählich auf die Nerven.

Und trotzdem! Wenn das die Vera hätte erleben können – beide Schwestern da an ihrem Tisch, wie oft hat sie davon geredet, sich ausgemalt, wie sie ihnen die Stadt zeigen wird, die vielen bunten Auslagen und Reklamen, wie sie mit ihnen einkaufen geht, und die Schwestern überwältigt sein werden vom Überfluß, der Vielfalt der Angebote, der Freundlichkeit der Verkäuferinnen; wie sie zusammen kochen und nähen werden, vor allem aber das Herbeireden der Vergangenheit, das Erzählen, die Fragen ohne Ende: Wie schaut unser Dorf heute aus? Das Grab der Eltern? Wo sind die Freunde alle hin? Was hat der Krieg daheim angerichtet? Wie leben sie jetzt dort? Stimmt es, was unsere Zeitungen berichten? Kann man den eurigen glauben? ...

Alle Bemühungen, die Schwestern in den Westen einzuladen, waren ja immer gescheitert. Sie schrieben auch nie, warum. Immer war's dasselbe: Knapp vor der geplanten Ankunft kam ein Brief oder Telegramm, in dem eine plötzliche Erkrankung oder ein familiäres Ereignis die Reise angeblich verhindert habe. Für Vera war das beinahe schon zur Routine geworden, trotzdem hatte sie die Hoffnung auf ein Wiedersehen nie aufgegeben und ihre Einladungen von Jahr zu Jahr erneuert.

Herrn S. kamen diese Absagen dafür sehr gelegen, denn diese zwei Schwägerinnen, das fühlte er, hätten ihm ja nur seine Frau weggenommen, aber wenn er dann sah, wie sehr sich seine Vera kränkte, dann bedauerte er seinen Egoismus und tröstete sie, so gut es ging. Trotzdem, in seinen Augen war diese Affenliebe nicht normal, die beinahe täglichen Briefe, die wöchentlichen Ferngespräche, diese wahnsinnigen Pakete – eine neue Wohnung hätte man für dieses Geld längst kaufen können! Er konnte sich einfach nicht vorstellen, was die alten Weiber mit all dem Plunder machten, auch wenn es da irgendwelchen Anhang gab, einen Neffen, an dem sie alle drei in gleicher Weise abgöttisch zu hängen schienen, der und seine Familie, die natürlich alle mitnaschen wollten.

Hin und wieder hatten sie auch die Möglichkeit eines Besuches der alten Heimat erörtert, aber Vera traute sich das nicht zu, sie hatte eine geradezu irrationale Angst ... Aber das ist doch lächerlich, der Krieg ist längst vorbei, du bist eine alte Frau, was sollen sie dir denn anhaben? ... Ach, das verstehst du nicht ... Natürlich versteh ich, dein Mann ist damals, siebenunddreißig, liquidiert worden, und du hast dich versteckt, daß sie dich nicht auch noch holen. Dann der Krieg, die Deutschen, die dich mitnahmen. Was hättest du tun sollen? Nach dem Krieg heimkehren, wo man nicht wußte, wie man dort dran war? Es war schon richtig, daß du hiergeblieben bist und wir uns gefunden haben ... Ach, das verstehst du nicht ... So hör doch endlich auf mit deinem ewigen »Ach, das verstehst du nicht«! Sie haben ihn doch rehabilitiert, deinen Mann, haben öffentlich zugegeben, daß er ein unschuldiges Opfer dieser schrecklichen Säuberungen gewesen ist. Sogar einen Orden haben sie ihm posthum verliehen ...

Naja, es war wirklich besser gewesen, daß sie nicht hinübergefahren war, und was für ein Glück, daß die Schwestern auch nie kommen durften, wahrscheinlich, weil dieser Neffe, von dem Vera immer wieder redete, in einem Rüstungsbetrieb arbeitete, denn dann wären die drei Weiber garantiert nur mehr in den Warenhäusern herumgehangen und hätten ganz vergessen, ihm seine Hemden zu bügeln und das Essen hinzustellen.

Veras Herz, ach ja, nun, wo's nicht mehr schlägt, sitzen die beiden Schwestern an ihrem Tisch, essen aus ihren Tellern, kramen in ihren Sachen und reden mit ihrem Mann, der manchmal, wenn er aus seinem Schmerz erwacht, das Gefühl hat, als habe sich seine Vera verdoppelt. Aber sobald sie den Mund aufmachen und nichts als glucksende, zischende Laute herauskommen, mit denen er nichts anzufangen weiß, wacht er auf aus seinem Traum.

Ludmilla ist also mit einem Tag Verspätung eingetroffen, und Lisa hat sie mit ihrem Auto vom Bahnhof abgeholt. Mit steifen Gliedern, als hätte sie Sand in den Gelenken, mühte sich die alte Frau nach der immerhin vierzigstündigen Fahrt aus dem Zug und fiel Lisa, die ihr aus Veras Briefen offensichtlich ein Begriff war, stumm um den Hals. Ihre Züge waren weicher als die Olgas und glichen einem von langer Dürre heimgesuchten Acker. Ächzend verfrachtete sie ihren unförmigen Leib im Auto, und während sie mit dem Sicherheitsgurt kämpfte, den sie sich tatsächlich um den Hals zu schlingen versuchte, wimmerte sie: Wenn ich hier sterbe, so sorgen Sie dafür, daß ich in die Heimat überführt werde. Ich will nicht in fremder Erde begraben werden, so wie meine unvergeßliche Verotschka!

Lisa fuhr los. Die Frau neben ihr beruhigte sich allmählich und begann zu erzählen, wie sie vom Tod ihrer Schwester erfahren habe. Zwei Tage vor dem Telegramm, also genau an dem Tag, an dem Veras Lebenslicht erloschen sei, wahrscheinlich auch zu eben dieser Stunde, habe sie einen Brief mit einem selbstverfaßten Gedicht von ihr erhalten. Ich habe es bei mir, warten Sie, ich lese es Ihnen vor: Immer geh ich diesen Weg bei Wind und Regen, Nebel, Nacht. Bloß heut ist alles schneeverweht, das Land liegt da in kalter Pracht. Fort will ich, fort, nur schnell nach Haus! Ich stürme vorwärts, weiter, weiter. Doch bald sind meine Kräfte aus: Der Tod ist mein Begleiter ... Was sagen Sie? Ich habe gleich geahnt, daß etwas Schreckliches ... Meine teure, meine unvergeßliche Schwester, warum nur, sie war doch noch so jung? ...

Lisas Aufmerksamkeit gilt jedoch ganz dem Verkehr, erst, als sie die belebten Kreuzungen der Innenstadt hinter sich hat, kann sie sich ihrer Beifahrerin widmen.

Die ist mittlerweile bei der Schilderung der Reise und erzählt gerade, wie eine Schwangere im Nebenabteil von Wehen überrascht und irgendwo auf der Strecke aus dem Zug geholt wurde. Einen Satz später geht es um die imperialistische Verschwörung, die schuld daran sei, daß sie ihre geliebte Verotschka nicht mehr sehen konnte, und beteuert im gleichen Atemzug, wie glücklich sie darüber sei, daß ihre Schwester ein kirchliches Begräbnis gehabt habe. Und wieder Tränen: Warum, warum, wie konnte das nur, ja hat denn der Richard keinen ordentlichen Arzt konsultiert? Und ich hab immer geglaubt, bei euch funktioniert die medizinische Betreuung, weil sie was kostet, nicht so, wie bei uns, wo keiner einen Finger rührt, weil er nichts dafür bekommt. Oder wollte er sparen, der Richard, die Vera schrieb immer, daß er sie so knapp bei Kasse hielte, was ist er überhaupt für einer?

Der alte Herr ist erleichtert, daß nun die Ludmilla da ist, hat sich doch gezeigt, daß die Olga eine miserable Köchin ist. Nicht einmal über das Tiefgekühlte, das die Vera noch kurz vor ihrem Tod, als ob sie's geahnt hätte, eingefroren hat, hat sie sich drübergetraut, das soll die Ludmilla machen, hat sie nur gesagt, die versteht was davon. Ja, das hat es schon all die Jahre geheißen, daß die Olga verwöhnt sei, mit einem General zum Mann und ohne Kinder, und den Haushalt habe immer wer für sie besorgt, weil sie nur ihre Parteikarriere im Kopf gehabt habe. Ein Glück, daß ihr Visum in ein paar Tagen abläuft!

Lisa dolmetscht also die Begrüßung Ludmillas und leitet gleichzeitig die Verhandlungen zwischen Schwager und Schwägerinnen. Ehe sie sich's versieht, ist sie dabei auch schon in eine heikle Frage verstrickt: Ludmillas Aufenthaltsdauer. Natürlich wär's dem Richard lieb, wenn sie nicht gleich mit der Olga heimfahren würde, sondern länger bliebe, ihm ein wenig über die Runden hülfe, andererseits ...

Ist sie auch gesund? Nicht, daß sie mir auch noch ...

Lisa dolmetscht mit größtmöglicher Diplomatie. Ludmilla versteht dennoch.

Also, ich dränge mich nicht auf. Wenn er Angst hat, daß ich ihm abkratze ... An und für sich könnte ich auch länger bleiben, ich bin ja alleinstehend, nur sterben möcht ich nicht in der Fremde, so wie meine Verotschka, meine Gute, meine Einzige! ...

Und wieder diese Tränenbäche, die auch den alten Mann aufs neue ins Meer der Trauer reißen. Bald aber gewinnen die praktischen Überlegungen die Oberhand.

Ja, ja, aber kann sie mir auch den Haushalt führen? Nicht, daß sie glaubt, ich führe sie täglich zum Essen aus, so wie sich die Olga das vorgestellt hat, und eine Bedienerin kann ich mir auch nicht leisten, das muß ihr klar sein. Aber ich will sie natürlich nicht ausnützen. Nicht, daß sie glaubt ...

Richard würde sich freuen, wenn Sie bei ihm blieben, solange es Ihnen gefällt, übersetzt Lisa. Vielleicht würden Sie ihm ein wenig im Haushalt behilflich sein, kochen und so?

Natürlich tu ich das, dazu bin ich ja da! ruft Ludmilla erfreut. Bloß, wer wird mir die Aufschriften auf den Verpackungen übersetzen? Und einkaufen gehen kann ich auch nicht. Sie sehen ja, daß mich meine Beine kaum tragen!

Man sieht es: Ludmilla ist uralt.

Sie muß auf jeden Fall solange bleiben, bis alle Erbschaftsangelegenheiten geregelt sind, schaltet sich Olga mit Polizistenstimme ein. Unsere Verotschka hat nämlich was von Ersparnissen angedeutet. Aber nicht, daß der Richard glaubt ... Es ist nur so, daß ... Naja, ich werde es Ihnen später erklären.

Sie können alles haben! ruft der alte Mann gepeinigt, ohne Lisas Übersetzung abzuwarten. Er muß den Sinn von Olgas Worten erfaßt haben. Nur meine persönlichen Sachen sollen sie mir lassen, meine Briefmarken und Veras Asche, die geb ich nicht her. Und dann ist auch noch das letzte Paket da, das meine Vera nicht mehr abschicken konnte. Schafft es weg! Schafft alles weg! Ach, gebt mir meine Vera wieder! ...

Schluchzend sinkt er auf einen Sessel. Die beiden Schwestern liegen sich weinend in den Armen. Lisa hat es eilig, heimzukommen.

Mein Traum: Ein Abend voll Frieden und Stille,
nur dünner Rauch überm Haus
und trauter Weiden leises Schwanken.
Ein Heimchen, das irgendwo zirpt …
Herdfeuer, zwei Frauen daneben,
seufzend gebeugt über ein Kind.
Süß, ach, süß ist sein Schlummer,
und leise der Frauen Gebet:
Erbarme dich, Herr, vor allen anderen,
der Verbannten, der Heimwehkranken!
Erbarme dich, Herr, nach allen anderen,
eines Sohnes, der mutterlos ist …
Dünner Rauch überm friedlichen Haus.
Verstummt die Frauen darin.
Ein Heimchen zirpt im Gemäuer.
Im Traume ruft mich mein Kind …

Herr S. schüttelt den Kopf, liest noch einmal. Ein Gedicht ist das, kein Zweifel, und auch keiner, daß Vera es geschrieben hat. So, wie die anderen, die er der Ludmilla heimlich aus dem gepackten Koffer entwendet und Lisa zur Übersetzung übergeben hat. Was soll das bloß? Das klingt ja geradeso, als sei seine Frau nicht glücklich gewesen? Und was für ein Kind? Da stimmt doch was nicht! …

Er ruft Lisa an. Was steht in den anderen Gedichten? Ich muß es wissen!

Lisa bedauert, die Schrift sei ziemlich unleserlich, und außerdem habe sie keine Zeit für Gedichte, weil sie gerade die technische Beschreibung einer Stranggußanlage zu übersetzen habe. Aber soweit sie feststellen könne, handle es sich um Kindheitserinnerungen, Aphorismen, Geburtstagsverse, Lebensweisheiten, viel verlorene Heimat, viel Krieg.

So, so. Wär sie noch am Leben, so würde er seine Frau jetzt streng zur Rede stellen: Vera, was hat das zu bedeuten?

Mit noch größerem Mißtrauen beobachtet er von nun an die Schwestern, wie sie jedes Ding aus Veras Hinterlassenschaft befingern und gurrend darüber beraten. Die Gedichte haben sie in den Briefschachteln entdeckt, in denen Vera die Post der vielen Jahre aufbewahrt hatte. Er hat gesehen, wie die Schwestern jeden einzelnen Brief in die Hand nahmen, lasen und dann weinend zerrissen, tagelang hatten sie nichts anderes getan, als die Briefe, die sie selbst geschrieben hatten, zu lesen und zu zerreißen. Nur diese Zettel haben sie nicht zerrissen, und es ist dem alten Herrn auch nicht entgangen, wie sie sie verstohlen weggesteckt haben.

Wenn sie nur schon weg wären, diese Schwestern! denkt der alte Mann und erschrickt. Und was ist dann? Kein Ärger, aber auch niemand, der sich um ihn sorgt, ihm sein Gläschen Wein vor dem Schlafengehen hinstellt, sich nach seinem Befinden erkundigt. Nur das Tropfen des kaputten Wasserhahnes und das Schwanken des Lusters, wenn es in der Wohnung oberhalb wieder Streit gibt.

Ach, verzeiht mir, ihr Lieben, ihr Einzigen, fleht er die Schwägerinnen insgeheim an. Ich hab ja nur euch! In euch lebt meine Vera fort! Bleibt hier, verlaßt mich nicht, ich will auch nie wieder böse über euch denken!

Dessenungeachtet trifft Olga immer energischere Abreisevorbereitungen. Ihr Visum läuft demnächst ab, und an eine Verlängerung ist nicht zu denken. Ihr Mann, der pensionierte General, hat ihr aufgetragen, keinen Tag länger als nötig im Westen zu verbringen, wo man doch ständig auf Provokationen feindlicher Nachrichtendienste gefaßt sein muß, außerdem wartet er schon ungeduldig auf das Autoradio, das sie ihm mitbringen soll. Ganz wohl ist der Olga natürlich nicht bei der Vorstellung, ihre Schwester allein im kapitalistischen Ausland zurückzulassen, außerdem gibt es ja noch eine heikle Mission zu erfüllen ...

Lisa weiß, worum es geht. Die Schwestern haben sie ins Vertrauen gezogen und gebeten, die Sache in die Hand zu nehmen. Lisa hat sich gewehrt, beteuert, daß man dem alten Mann sowas nicht antun könne. Schluchzend haben sie die Schwestern umarmt, mit Tränen überschwemmt und angefleht, daß es ihr das Herz zerriß. Sie sollte – nein, lieber später davon. Zwischen halbausgeräumten Schränken, spagatverschnürten Koffern, prallen Einkaufstaschen, letzten Jagden nach Prozenten, hektischen Umtauschaktionen, Umverteilungen des Gepäcks und Überlegungen, wer von den Schwestern an der Grenze weniger Verdacht mit den vielen Sachen erregen würde, ist dieses Thema nicht so recht am Platz.

Lassen wir die Olga abreisen, lassen wir den alten Herrn mit der Ludmilla in der halbleeren, einem Schlachtfeld gleichenden Wohnung zurückbleiben und die alten Leute ein wenig zur Ruhe kommen. Es ist ohnehin nur eine scheinbare Ruhe. Denn die Verständigungsschwierigkeiten stellen sie ständig vor neue Probleme. Lisa kommt vom Telefon nicht mehr weg. Da ruft sie, zum Beispiel, Ludmilla an:

Der Richard deutet dauernd auf diese Eisklumpen im Kühlschrank und meint, das wäre das Mittagessen. Wie aber soll ich wissen, was daraus nach dem Auftauen wird, eine Suppe oder ein Kompott?

Oder es ruft der alte Herr an: Sie würzt die Tomatensauce nicht richtig. Ich will, daß sie genauso schmeckt wie bei meiner seligen Vera!

Oder es muß telefonisch der Verwendungszweck der

einzelnen Putzmittel erklärt werden. Oder es geht um den Staubsauger, den Ludmilla partout nicht benützen will. Oder die Schwägerin möchte noch einmal hören, wie und warum ihre Schwester gestorben sei. Oder der alte Herr möchte seiner Schwägerin versichern, wie sehr er seine Frau geliebt habe, nicht, daß sie glaube ... Oder die Ludmilla möchte ihrem Schwager versichern, sie und Olga hätten es wirklich nicht auf sein Geld abgesehen, nicht, daß er glaube ... Sie, die Ludmilla, sei doch, Ehrenwort, nur dageblieben, um auf den Richard zu schauen.

Einmal wird Lisa um Mitternacht aus dem Schlaf gerissen. Es ist der alte Herr, er kann vor Aufregung kaum sprechen.

Stellen Sie sich vor, ein Sparbuch, nein sowas! Und ich hab überhaupt nichts davon gewußt! Die Ludmilla hat es gefunden, überall hat die ihre Nase drin, ja, unter der Matratze war es versteckt. Fünfzigtausend! Und ein Zettel ist drin, die Ludmilla fuchtelt dauernd damit herum, aber ich kann doch nicht lesen, was draufsteht!

Er übergibt seiner Schwägerin den Hörer. Mit tränenerstickter Stimme liest die, was Vera auf Russisch darauf geschrieben hat. Lisa ist mit einem Schlag hellwach. Das ist es also!

Muß ich es ihm wirklich sagen? fragt sie Ludmilla. Ich meine, vielleicht ist jetzt nicht der geeignete Zeitpunkt? Man sollte es ihm schonend beibringen.

Ludmillas Stimme duldet keinen Widerspruch, aus ihr spricht Olga: Sagen Sie's ihm! Irgendwann muß er es ja erfahren. Vielleicht hört er dann endlich auf, uns als zwei raffgierige alte Weiber zu betrachten, die nicht genug kriegen können. Außerdem läßt er dann auch in dieser anderen Angelegenheit mit sich reden, Sie wissen schon ...

Der alte Mann versteht die Welt nicht mehr. Seine Vera hat ihn betrogen! Seine Vera hat ihm was verheimlicht! Seine Vera, diese Liebe, Sanfte, die ihm immer so dankbar war für das neue Leben, das er ihr geschenkt hat, für sein Verständnis, für all das, was er für ihre Verwandten getan hat, seine Vera!

Noch Tage nach jenem nächtlichen Telefonat hat er Lisas Worte im Ohr, als sie ihm den Zettel aus dem Sparbuch vorlas: Für meinen Sohn! hatte Vera darauf geschrieben.

Also doch! Vera hatte ihn betrogen. Der Neffe, von dem sie immer redete, von dem es immer hieß, er sei Ludmillas Sohn, er war in Wirklichkeit – Veras Sohn!

Aber wie denn?! hat er ins Telefon gebrüllt. Warum hat sie mir nichts gesagt? Hab ich das verdient? Was hab ich ihr denn getan, daß sie ... Der Rest ging in wildem Schluchzen unter.

In jener Nacht ist Vera noch einmal zurückgekommen. Mit fremder Stimme, die zu jemandem Fremden sprach. Und selbst war sie eine ganz andere als die, mit der er so viele Jahre Tisch und Bett geteilt hatte.

Ich hätte nicht die richtigen Worte gefunden, es dir zu sagen. Der Kummer, das Heimweh haben mir die Kehle zugeschnürt. Mein einziges Kind habe ich drüben gelassen! ... Erst wollte ich es nicht haben. Ich war aus dem Dorf in die Stadt gekommen, aus bitterer Armut in eine bunte Welt, die mir alles versprach, wenn ich mich nur anstrengte, wenn ich studierte. Studieren! das war damals das Zauberwort. Studiere, und du wirfst die Fesseln der Vergangenheit ab. Studiere, und du wirst ein Neuer Mensch. So nahm ich als eine der ersten Frauen ein technisches Studium auf mich. Ich kam schnell weiter, bis ich meinen späteren Mann kennenlernte, einen Journalisten, der heimlich kritische Gedichte schrieb. Diese

Verbindung war für mich äußerst gefährlich. Ich hatte ja ein Staatsstipendium und sollte mich loyal verhalten. Als ich schwanger wurde, geriet ich in Panik. Da waren nicht nur die Wohnungsnot und die Karriere, die auf dem Spiel stand, sondern auch die Angst, was aus dem Kind werden würde, wenn die wahre Gesinnung seines Vaters eines Tages aufflog. Ich wollte ihm das Schicksal der unzähligen Waisenkinder jener Zeit ersparen, aber mein Mann überredete mich, es zu behalten. Es wurde ein Junge, und wir nannten ihn Valentin und waren eine kurze Zeit auch sehr glücklich zu dritt. Als sie meinen Mann eines Nachts tatsächlich abholten, übergab ich Valentin meiner kinderlosen Schwester Olga und tauchte unter, weil ich, als Frau eines Verräters, das gleiche Schicksal zu befürchten hatte. Ich lebte bei verschiedenen Freunden, wagte mich aber nicht in die Nähe meines Sohnes, denn Olga stand ebenfalls unter Beobachtung. Meine Schwester kümmerte sich um Valentin wie eine leibliche Mutter. Nach Ausbruch des Krieges wurde sie evakuiert, das Kind verschwand in einem Waisenhaus. Erst Jahre später machte ihn Ludmilla dort ausfindig. Ihr Mann war an der Front gefallen, und sie hatte alle Hebel in Bewegung gesetzt, um die in alle Winde zerstreuten Angehörigen auszuforschen. Olga war irgendwo weit ins Hinterland geraten, meine Spur hatte sich im Untergrund verloren, und so adoptierte sie meinen Sohn und zog ihn als ihren eigenen auf. Später tauchte Olga als Frau eines Offiziers wieder auf und half der Schwester finanziell über die Runden. Dank ihrer Beziehungen wurde Valentin später nie mit dem Verbrecher, als der sein Vater galt, in Verbindung gebracht und konnte eine militärische Laufbahn einschlagen. Ich selbst habe meinen Sohn nie wieder gesehen. Im Durcheinander des Krieges, dem Vormarsch der feindlichen

Truppen, Rückzug der eigenen, der Evakuierungen, Flucht der einen und Überlaufen der anderen, den Partisanengemetzeln, Verwüstung, Hunger und Not, fand ich mich plötzlich auf deutscher Seite. Ich wurde in einen Zug gepfercht, sprang an irgendeiner Station heraus, wurde gefaßt, geschlagen, eingesperrt, brach wieder aus, kam vor ein Militärgericht, sollte erschossen werden, aber das war mir nach allem schon beinahe egal. In letzter Minute rettete mich ein österreichischer Kommandant, der von meiner Unschuld überzeugt war. Ich landete als sogenannte Ostarbeiterin in einem deutschen Betrieb. Als alles vorbei war und die Rücktransporte in die Heimat begannen, da kam mir der Heiratsantrag des Kommandanten gerade gelegen. Ich wollte nicht zurück, ich hatte doch alles verloren, meine Schwestern waren verschollen, mein Sohn kannte mich nicht ... Nun, der Rest der Geschichte ist dir bekannt: Mein Kommandant starb an einer Kriegsverletzung. Vor seinem Tod bat er dich, seinen alten Freund, du mögest dich um mich kümmern. Ich stand, zum wievielten Mal wohl, vor dem Nichts, schlug mich mit Näharbeiten durch, lebte in ständiger Angst vor Verfolgungen, obwohl doch nichts mehr zu befürchten war ... Ich hab mich redlich bemüht, dir eine treusorgende Frau zu sein, aber die Vergangenheit ließ mich nicht los, die ewige Frage: Was ist Schuld? Was Schicksal? Aber du hättest das nicht verstanden, du hast nur verstanden, was dir schmeckte und was dir in den Kram paßte. Alles andere war für dich Einbildung, Spinnerei, Hysterie. Trotzdem trag ich dir nichts nach, du konntest nicht anders, und im Grunde warst du immer gut zu mir, hast mich nie betrogen und mir erlaubt, meinen Schwestern Pakete zu schicken. Was hättest du wohl gesagt, wenn du erfahren hättest, daß das alles in Wirklichkeit für meinen Sohn und meine Enkelkinder gedacht war? Entweder ich oder sie, hättest du gesagt. Und: Meine Vera will ich mit niemandem teilen! ...

Weiß einer, der es nicht kennt, was Alleinsein ist? Allein aufstehen, allein vor dem Fernseher einnicken? Allein die Konservensuppe löffeln und allein seine Wäsche waschen, immer die gleiche Hose, immer das gleiche Hemd? Allein die Erinnerung durch die Zimmer schleppen, die vielen, vielen Jahre, von der Küche ins Vorzimmer, vom Vorzimmer ins Wohnzimmer, von einer Ecke in die andere, von einem Tag in den anderen? Allein, verdammt allein! ...

Alleinsein wie dieses ist zu Lebzeiten Gestorbensein. Kein Laut dringt durch deinen gläsernen Sarg, kein Duft. Gesichter schwimmen vorbei, aber keine Hand greift nach der deinen. Stummer Zuschauer in einem stummen Film bist du, der keine Handlung hat. Welcher Regisseur hat den erdacht? Einer von diesen schwachsinnigen, modernen, die ihre Zuschauer quälen mit langweiligen Szenen: Ein Fenster, einmal hell, einmal dunkel dahinter, eine Tür, durch die niemand kommt, eine Uhr wie ein Inselchen im bleiernen Meer von heute und morgen, heute und morgen, eine Wand, viele Wände, ach, dein tapezierter Sarg! ...

Jedesmal, wenn es läutet, schlägt dem alten Mann das Herz bis zum Hals. Es kommt ohnehin nicht oft vor und bedeutet auch nichts anderes, als daß sich jemand in der Tür geirrt hat oder vom Gaswerk den Herd kontrollieren kommt. Dann ist es, als würde dieser Panzer der Stille zerreißen, der ihm die Luft wegnimmt. Er will was fragen, will was sagen, aber nur ein Krächzen entringt sich seiner verrosteten Kehle.

Wann immer es sein Rheuma, der Blutdruck, die

schlaffe Lunge, die wackeligen Knochen oder einfach sein müder Kopf zulassen, versucht er aus seinem muffigen Gefängnis auszubrechen. Er fährt mit dem Lift in die laute Welt hinaus, geht ins nächste Geschäft, um einzukaufen, was man eben so braucht und was er gerade noch tragen kann – viel ist das ohnehin nicht –, oder er fährt an schönen Tagen mit der Straßenbahn in den Universitätspark, wo er auf einer sonnigen Bank sitzt und den Enten im Teich zuschaut. Am meisten zieht es ihn allerdings ins Gasthaus. Dort verzehrt er, allein natürlich, das preiswerteste Menü, und wenn er die Leberknödel auf der Zunge zergehen läßt, wenn der Schweinsbraten seine fette Pracht am Gaumen entfaltet, wenn zuerst das Bier und dann der Wein so prickelnd durch die Kehle gleiten und er sich umblickt und die anderen Gäste mit der gleichen Hingabe schmausen sieht, dann ist es ihm, als geriete das Eis in seinen Adern knirschend in Bewegung und verwandle sich in sprudelnde Frühlingsbächlein. Er erlaubt sich, vorsichtig seine ungeübte Stimme gebrauchend, einen Scherz mit dem Kellner, wechselt ein paar Bemerkungen mit einem zufälligen Tischnachbarn, bestellt sich noch einen Kaffee und noch einen Kognak und mag gar nicht mehr weggehen. Wohin auch? Aber der Kellner wird ungeduldig, nimmt ihm die halbvolle Tasse weg und schleudert ihm mit der Serviette die Brösel ins Gesicht. Und der alte Mann versteht: Was soll's, Alter, ab in die Gruft! ...

Allein! Wo sind sie alle hin, die Menschen, die dich einmal ein Stückchen auf deinem langen Weg begleiteten, wo die vielen, die ihn dann und wann querten, ein Wort mit dir wechselten und wieder verschwanden? Ach, sie liegen längst unter der Erde und zeigen nachts mit dem Finger auf dich: Das hast du davon, Alter, weil du noch immer da oben herumgeisterst! Wir wissen nicht mehr, was Einsamkeit ist …

Wenn da wenigstens ein Ort wäre, an dem man die letzte Spur eines geliebten Menschen weiß! Ein Ort, an dem du mit ihm reden kannst, Gemeinsamkeit, Gewesenes, Wärme heraufbeschwören. Den Friedhofswärter veranlassen, was am Grab zu tun. Das Wasser in der Vase wechseln, das schaffst du gerade noch. Blumen aussuchen, zu Allerseelen ein Licht anzünden, meinetwegen auch beten – irgendwann wird ja jeder wunderlich. Einfach was zu tun haben! Zu wissen, da ist ein Fleckchen Erde, das wartet auf dich, nur auf dich! Aber so ein Fleckchen gibt es nicht. Jedenfalls nicht dort, wo dich deine kaputten Beine noch hintragen. Irgendwo, ja, da mag es sein, eines mit dem schönsten und teuersten Grabstein darauf, auf dem mit fremder Schrift geschrieben steht: »In den Schoß der Heimat bist du zurückgekehrt, teure Schwester!« Ein mächtiges schmiedeeisernes Gitter herum, wie das bei diesen Ukrainern so üblich ist, damit der Tote nur ja nicht auf die Idee kommt, auszureißen: Uns gehörst du, uns! …

Sie haben sie ihm gestohlen, dem alten Mann die tote Frau. Diese Schwestern! Diese Schwestern! Erst haben sie das Bild zerstört, das er in seinem Herzen trug, und dann haben sie ihre Asche mitgenommen. Jawohl, ihre Asche.

Nacht für Nacht hat er diesen Traum: Da sind drei schwarzgekleidete Weiber, die haben zusammen einen Sohn. Sie überschütten ihn mit Spielsachen und Süßigkeiten, aber das Kind schreit nur: Wo ist mein Vater? Wo ist mein Vater? Da erheben sich die drei schwarzen Weiber, breiten ihre Gewänder zu Flügeln aus, packen den Träumenden mit ihren scharfen Krallen, hacken mit ihren spitzen Schnäbeln auf ihn ein. Wie sie ihn ausweiden! Wie sie ihn zerfleischen! Stück für Stück verfüttern sie ihn an ihr Junges, dessen weitgeöffneter Schnabel wie ein Trichter ist, in dem alles verschwindet, alles ...

Ludmilla hatte also von Olga den Auftrag erhalten, nicht ohne die Urne heimzukehren. Eigentlich war sie nicht der Typ für die Ausführung von Befehlen. Sie hatte ein weiches Herz und bedauerte jeden, der ihr nicht gerade die Handtasche klaute oder sonst was offensichtlich Böses mit ihr vorhatte. Sie bedauerte auch Richard, weinte mit ihm Abend für Abend, wenn die Fernsehnachrichten zu Ende waren, manchmal auch untertags, wenn sie gerade wieder ein Photo oder einen Zettel mit Veras Handschrift entdeckt hatte. Aber wenn sich dann die ärgste Erschütterung gelegt hatte, besann sie sich auf ihren Auftrag, die Schwester heimzuholen: Ihr Herz schlug nur für die Heimat, sie hat uns in ihren Briefen immer wieder angefleht, sie heimzuholen, wenigstens im Tod wollte sie ihrem Kind nahe sein! ... Immer wieder hatte sie Lisa gebeten, dem alten Herrn diese Worte zu übersetzen und sich auch nicht von seiner barschen Ablehnung abschrecken zu lassen. Aber er blieb stur.

Meinetwegen, nehmt sie euch! hatte er, bis aufs Blut gepeinigt, eines Abends dann doch gebrüllt. Nehmt sie euch, streut sie euch ins Haar, düngt eure Balkonblumen mit ihrer Asche, macht, was ihr wollt! ...

Das war's denn auch. Nach Erledigung aller Formalitäten und Bezahlung der erforderlichen Gebühren verstaute Ludmilla sorgsam das graue Gefäß zwischen den letzten Habseligkeiten der Schwester – Büchern, Photoalben, Schallplatten und anderen für Veras Ersparnisse erworbenen Dingen, die man drüben nicht bekam – und verabschiedete sich mit einem letzten Tränenschwall von ihrem Schwager.

Du wirst uns besuchen kommen, schluchzte sie in das

Hemd, das er sich in Zukunft selber würde waschen müssen. Du wirst an Verotschkas Grab weilen und spüren, daß sie nur hier, nur in ihrer geliebten Heimat, ihre letzte Ruhe finden konnte. Dann wirst du alles begreifen!

Benommen kehrte der alte Mann vom Bahnhof zurück. Wanderte durch die leeren Zimmer: Offene Schränke, leere Regale, herausgezogene Schubladen, nicht ein Kleidungsstück, nicht ein Photo, nicht eine Haarspange, nicht ein Knopf, nicht eine Rüsche, nicht ein hübsches Schälchen, ja nicht einmal ein zerrissener Strumpf deuteten darauf hin, daß in dieser Wohnung über so viele Jahre ein treues Eheweib gewirtschaftet hatte. Nur unter dem Küchentisch ein einzelner Damenschuh. Es war dem alten Mann unerklärlich, wie die Ludmilla den übersehen haben konnte.

Opera prosaica

Unser Haus ist kaputt, unser schönes Reihenhaus! Niemand kann sich erklären, wie es geschah. Kommissionen wurden gebildet, Experten befragt. Aber der Einsturz konnte weder auf eine Gasexplosion noch auf ein Erdbeben zurückgeführt werden. Kopfschüttelnd standen die Nachbarn vor dem bösen Loch – keinen Riß hatten ihre eigenen Wände abbekommen …

Soweit die Ouvertüre als Vorgriff auf den dramatischen Höhepunkt. Die Handlung könnte so einsetzen:

Er oder ich! brüllte mein friedfertiger Mann … Nein, so nicht. Wie bloß? Ach, erzählen, einfach, irgendwie.

Der Holländer kam aus Mittelasien. Hand aufs Herz, wer von uns Mitteleuropäern kann sagen, wo die Mitte Asiens ist? Oder gar auf Anhieb eine Stadt dort nennen? Hat was mit Karl May und schlitzäugigen Reiterhorden zu tun, assoziieren die einen. Mit Atombombenversuchen, die anderen. Manch einer ist vielleicht schon dort gewesen, hat von Moscheen geschwärmt und über schlechtes Hotelservice geschimpft und sich geschworen, das nächste Mal doch wieder in ein normales Land zu fahren.

Wo also ist Mittelasien? Wo auch immer, von dort jedenfalls kam der arienschmetternde Dschingis Khan und brachte mit seinem Charme und seiner Stimme einen Stein ins Rollen, der vielleicht schon immer davon geträumt hatte, wenigstens im Augenblick des Sturzes wie ein Vogel davonzufliegen …

Er oder ich! brüllte, wie schon erwähnt, mein friedfertiger Mann und zerschlug unsere herrliche Salatschüssel, ein Souvenir aus Spanien, daß sie in tausend Stücke zersprang. Eines davon traf den Hund, der sich jaulend unter dem Tisch verkroch.

Pst, du weckst ihn ja auf! flehte ich. Bitte, er darf sich jetzt nicht aufregen. Seine Stimme, das Konzert …

Seine Stimme! Das Konzert! Wenn ich das schon höre! Und was ist mit meiner Stimme?! Jetzt gebe ich einmal ein Konzert, verstanden! Mir reicht das Theater, ein für allemal!

Er schleuderte die russische Vase durchs Zimmer, mein Lieblingsstück aus der vorehelichen Zeit, aber wie durch ein Wunder zerbrach sie nicht, weil sie auf der Couch landete, und so beschloß ich, einzulenken.

Im Prinzip hatte Alex ja recht. In der letzten Zeit drehte sich wirklich alles nur mehr um Aman und seine Stimmbänder. Ich kochte pausenlos Tee und vergaß ganz, daß ich ja auch noch einen Mann und zwei schulpflichtige Kinder hatte, die von mir das Essen hingestellt haben wollten.

Und das in einem Haus, in dem es bisher nur um Chemie und Physik, die Unterrichtsfächer meines Mannes, und den täglichen Kleinkrieg einer Hausfrau gegen Staub, die Ungezogenheiten der Töchter und die steigenden Preise bei gleichbleibendem Wirtschaftsgeld gegangen war.

Aman kam daher wie ein Marschflugkörper, aus heiterem Himmel schlug er in unsere geordneten Verhältnisse ein, daß es nur so krachte und blitzte. Nichts blieb an seinem Platz, kein Tag paßte mehr zum anderen, wo doch ein jeder bis weit über die Pensionierung hinaus eingeteilt und vorgeplant gewesen war. Und alles nur wegen diesem Billeteur.

Er war der Vater einer Schülerin meines Mannes und wollte sich den Aufstieg seiner Tochter in die nächste Klasse mit Freikarten für eine Vorstellung des »Fliegenden Holländer« erkaufen. Mein Mann lehnte ab, er habe keine Zeit, sagte er, und außerdem gehe er nie ins Theater. Das sei sehr schade, sagte der Billeteur, ein kleines, vertrocknetes Männchen mit abstehenden Ohren, denn sein Freund werde nicht mehr lange da sein.

Welcher Freund? fragte mein Mann. – Na, wer schon? antwortete der Billeteur. Der Asiate natürlich. – Was für ein Asiate? Sagten Sie nicht was von einem Holländer? – Ja, den singt er. Sie müssen ihn unbedingt hören!

Wer singt wen?

Der Russe den Holländer.

Ich dachte, der Asiate?

Im Theater reden sie nur vom Russen, weil er eigentlich von einer russischen Oper kommt. Also, eine Stimme, sag ich Ihnen! ...

Was, und der ist Ihr Freund? wunderte sich mein Mann.

Warum nicht? Er hat mir beim Übersiedeln geholfen und mir auch Gesangsunterricht gegeben.

Das müssen wir uns anschauen! sagte mein Mann, als er heimkam. Damit meinte er zwar die Oper, aber ich wußte, in Wirklichkeit interessierte ihn was anderes.

Wir gingen also in die Oper.

Eigentlich sollten wir öfter gehen, stellte Alex hinterher fest. Diese Stimme! ...

Ich fand die richtigen Worte nicht. Ich war hingerissen und verwirrt. Mich irritierte die Vorstellung vom Bühnenstar auf der einen und dem Möbelpacker und Freund eines kleinen Türstehers auf der anderen Seite. Als hätte Alex meine Gedanken erraten, sagte er:

Ob der mit dem was hat?

Aber doch nicht der mit dem! rief ich entrüstet. Mir war auf einmal unbehaglich.

Naja, was weiß man denn bei diesen Theaterleuten? Aber daß sich so einer keine bessere Gesellschaft weiß als diesen Billeteur? Was meinst du, sollen wir ihn einladen?

Mir blieb vor Überraschung der Mund offen.

Warum nicht? Mir imponiert es, daß er sich mit kleinen Leuten abgibt. Und wenn er sich nicht zu gut für einen Billeteur ist, dann wird ihm ein Mittelschullehrer doch auch recht sein. Ja, der Kerl muß uns diesen Holländer ins Haus bringen!

Er ist kein Holländer!

Also, wenn er den zu uns bringt, dann laß ich sein schwachsinniges Kind durch!

Was nur in Alex gefahren war?

Wie es den bloß zu uns verschlagen hat? setzte er seinen unergründlichen Gedankengang fort. Mit dem könntest du doch dein Russisch aufmöbeln …

Verdammt, warum sprach er mich darauf an? Ja, ich hatte einmal Russisch studiert, hatte diese Sprache geliebt, was heißt, verrückt war ich nach ihr gewesen, doch als ich Alex heiratete, da gab es plötzlich nur noch seine Fächer, seine Interessen. Ich brach das Studium ab und war nur zum Kochen und Putzen da. Ach, hätt er das doch nicht angerührt!

Und jetzt steh ich da mit dieser Geschichte und weiß nicht, was ich mit ihr anfangen soll.

Schreib es auf! Schreib es auf!

Dieser Schamane im Frack, wie er damals, groß und feierlich, die Bühne unseres Lebens betrat, im Rampenlicht unserer Erwartung, sein Lächeln die einzige Maske des Mimen. Wie huldvoll er sich verneigte, und doch mit einer Handbewegung die ganze Gesellschaft zu Statisten degradierte, wie – ja, es sollte die Überraschung des Abends sein, ein Gag sozusagen: Der große Sänger hautnah, und vielleicht ließ er sich sogar zu einem Privatkonzert herab, russische Volkslieder oder sonst was. So zumindest hatte es sich Alex vorgestellt, obwohl mir etwas mulmig war bei diesem Gedanken. Aber Aman enttäuschte uns nicht. Alles erstarb, und die Damen in der Runde waren überhaupt der Ohnmacht nahe, als er sich nach umständlichen Vorbereitungen, zu denen auch das Einsingen in unserem Badezimmer gehörte, ebenso ein Umarrangieren des Wohnzimmers (die Sessel dahin, den Tisch dorthin, ja, wieso gibt es in diesem Haus keinen Notenständer, nun gut, dieses Blumengestell tut es auch, aber den Hund, bitte sehr, vor die Tür! ...), als er sich schließlich mit breiten Beinen vor uns aufbaute und seine Stimmwunder aus dem mächtigen Leib herausholte wie ein Zauberer immer neue unglaubliche Dinge aus seinem Hut. Unsere Scheiben vibrierten, in den Nachbarhäusern steckten die Leute die Köpfe aus den Fenstern, und wir selbst wagten keinen Atemzug.

Was war das? Wirklich nur das Muster winziger unsichtbarer Wellen, das Blendwerk geschickten Spiels mit einmal mehr, einmal weniger Lunge, mit Luftgespinsten, die der komplizierte Mechanismus des menschlichen Ohrs in wohlklingende Musik verwandelt? Wirklich nur die Intimität des Augenblicks, der Gag? Wer von uns verstand schon, was dieser Mensch von irgendwo orkanartig heraufbeschwor, was er irgendwohin mit soviel Seele verhauchte?

Himmlisch! zwitscherte die exaltierte Freundin unseres Rechtsanwaltes dann beim Sekt und verschlang den Sänger mit ihren tuschverklebten Puppenaugen. – Irre ist der! Da könnte man glatt zum Opernfreak werden! war der Kommentar meiner älteren Tochter, die solche Urteile bisher nur über Popstars abgegeben hatte. Und sogar die Kollegen meines Mannes, die außer ihren Unterrichtsfächern nur für Tennis und Kreditzinsen etwas übrig hatten, nickten anerkennend.

Alex, mein cooler Alex, umarmte Aman spontan, trank mit ihm ausgiebig Bruderschaft und bestand darauf, daß ich es auch täte, überhaupt solle ich bei ihm sitzen bleiben und mit ihm russisch palavern, statt nervös hinundherzulaufen und darauf zu schauen, daß auch jeder das richtige Glas habe. Er wolle das gern selbst besorgen, und es war ihm anzumerken, wie ihm plötzlich der Kamm schwoll, weil er nicht nur mit einem begnadeten Sänger, sondern auch mit einer intelligenten Frau aufwarten konnte.

Es war, wie man so sagt, ein gelungener Abend, einer von den ganz wenigen, an denen man das Gefühl hatte, mit seinen Freunden, zumindest ein paar Arien lang, auch wirklich beisammen gewesen zu sein.

Umso größer war unsere Enttäuschung, als wir erfuhren, wie es um unseren Star stand. Sein Engagement an unserem Theater war mit der letzten Holländer-Vorstellung ausgelaufen, der Vertrag aus Einsparungsgründen nicht mehr verlängert worden. Spät, viel zu spät, hatte man ihm diese Entscheidung mitgeteilt, mit der Begründung, daß ein so sensibler Sänger wie er diese Nachricht nicht ohne Schaden für seine Stimme verkraften würde und berechtigte Zweifel bestanden hätten, daß er, als höherer Baß, die schwierige Baritonpartie nicht packen würde. Nun, wo die Sache für das Theater gelaufen war, sah sich sein Star auf der Straße. Alle Opernhäuser waren schon für die nächste Saison besetzt, alle Rollen vergeben. Das bedeutete, daß er, wie schon mehr als einmal, die Koffer packen und von einem Theater zum anderen würde tingeln müssen, hier vorsingen, da vorsingen, vor allem aber warten, hoffen, warten ...

Wer war dieser schwarzgelockte, schwergewichtige Mann mit den geradezu klassischen Gesichtszügen eines Opernstars eigentlich, der auch im Alltag den Komödianten nicht verleugnen konnte, dieser bullige, überschwengliche Exote, der alle, die er in seine riesigen Arme schloß, ohne lange zu überlegen, auch sogleich in sein Herz schloß, dieser bald vierzigjährige Charmeur mit der Seele eines Kindes, dieser Tolpatsch und Chaote, der mit seiner Spontaneität und irrationalen Denkweise ständig alle vor den Kopf stieß und fremd durch dieses Leben irrte wie eine Bühnenfigur, die durch ein Mißgeschick auf die falsche Seite des Vorhangs geraten ist? Welcher Sturm hatte ihn an unsere bürgerlichen Gestade verschlagen?

Seine Geschichte erfuhren wir erst so nach und nach, und sie war so ungewöhnlich wie seine Erscheinung.

Aus der himmelweiten Steppe kam er, fast schon aus der Wüste, von den schneefarbenen, watteflockigen Baumwollfeldern einer Kolchose. Hier verdiente er sein erstes Taschengeld, um sich einen Kindheitstraum zu erfüllen: Er wollte Schwerathlet werden. Sein Vater, ein Lehrer, und seine Mutter, eine einfache Landarbeiterin, konnten es sich nicht leisten, solche Extravaganzen zu unterstützen. Da griff ihnen der Staat unter die Arme, wie immer, wenn es darum ging, aus Talent und sportlichem Ehrgeiz politisches Kapital zu schlagen. Aman bekam also ein Stipendium, das ihm ermöglichte, ein angesehenes Sportinstitut zu absolvieren und es auch bei überregionalen Turnieren würdig zu vertreten. Allerdings wurde diese so hoffnungsvoll begonnene Karriere durch eine andere unerwartet beendet, denn aus dem Stemmer Muchtumkuli wurde eines Tages der Sänger Muchtumkuli. Schon in der Schule hatte er begeistert im Chor gesungen, und auch später lief er vor oder nach seinem anstrengenden Training ins Konservatorium zum Gesangsunterricht, denn das Singen, ja, das war etwas, das diesen Tonnen von Eisen, die er auf seine Schultern, über seinen benommenen Schädel wuchtete, sowas wie Flügel verlieh. Da war Luft drin, Himmel! Und als seine Pädagogin, eine verhutzelte Kirgisin mit engelshafter Geduld, seine Stimme ins ferne Moskau weiterempfahl, da war's um den Schwerathleten endgültig geschehen. Vergiß deine Muskeln, Bruder, hieß es dort. Du hast Gold in der Kehle! ...

An die Ausbildungsmethoden dort, so erzählte er, die ungewöhnlichen Stimmübungen, mußte ich mich erst gewöhnen. Aber die größten Probleme hatte ich mit dem Klavierspielen, denn das gehörte ja dazu. Um wieviel lieber hätte ich den Kasten auf meine Schultern gestemmt, als meine schwieligen Finger mit den Tasten anzufreunden! ...

Dann kam die Entdeckung durch einen einflußreichen Opernfunktionär, die Empfehlung an eine große Oper, kamen interessante Rollen und Kritiken, die von einem vielversprechenden Baß, vielleicht gar einem kommenden Schaljapin sprachen. Die erste Auslandstournee stand vor der Tür und – Annette.

Sie wartete bei achtundvierzig Grad Kälte beim Telefonautomaten gegenüber, so klein, so zart, so französisch, und über ihr ein Leningrader Eiszapfen von eineinhalb Tonnen Gewicht. Sie zitterte wie ein Schoßhündchen ...

So schilderte Aman sein erstes Rendezvous mit der Ausländerin und führte uns vor, wie er von seinen fast zwei Metern auf sie heruntergeschaut habe, als sei sie ihm wirklich nur bis zu den Knien gegangen.

Mit anderen Worten, er heiratete eine französische Musikstudentin, und damit war alles beim Teufel. Dem Theaterdirektor kamen plötzlich Bedenken wegen der ideologischen Unbedenklichkeit seines Ensemblemitglieds – die eheliche Verstrickung mit einer Ausländerin gibt nun mal Anlaß zu, äh, ja, wissen Sie, schon damals, als Sie beim Festakt in der Textilfabrik darauf bestanden, die Internationale vom Blatt zu singen, weil Sie sich den Text nicht merkten, dachte ich mir, undsoweiter. – Aber was hat das mit meiner Kunst zu tun? Solange ich nicht den Mönch Pimen und Fürst Gremin auf der Bühne vom Blatt singe! schrie Aman mit seinem mächtigen, donnergleichen Organ. Aber er schrie vergeblich, denn es gab am Theater genug andere Sänger, die vielleicht nicht so eine schöne Stimme, dafür aber eine patriotische Gesinnung hatten.

Was blieb ihm unter diesen Umständen anderes übrig, als die Ausreise nach Frankreich zu beantragen? Tränenreich verabschiedete er sich von seinen zahlreichen Verwandten, die über viele tausend Kilometer aus dem fernen Mittelasien angereist gekommen waren, und verließ die Heimat. Für immer, wie das eben so war, wenn man sich mit dem Klassenfeind eingelassen hatte.

Dann bist du endlich da, wo du dich schon lange hingeträumt hast, in diesem goldenen Westen, den sie dir zu Hause immer als morsches Gebälk verteufelt haben, bereit, in die Hände zu spucken, von vorne anzufangen, und voll der Zuversicht: Hier wirst du dich entfalten können, keine Partei, die dich gängelt, kein ideologisches Korsett, in das du deine Figuren zwängen mußt, keine patriotischen Hymnen, mit denen du dir die Stimme bloß ruinierst, ach, diese grenzenlose künstlerische Freiheit! Die Welt liegt dir zu Füßen ...

Wie schnell sie doch verfliegen, die Illusionen! Freilich haben sie mich zuerst mit offenen Armen aufgenommen, Einladungen zu Gastspielen an renommierten Bühnen, Preise bei internationalen Wettbewerben, Auftritte mit berühmten Partnern. Aber irgendwie ist das alles zwischen den Fingern zerronnen, und jetzt ist sogar dieses schäbige Engagement in eurer Provinz futsch. Ich versteh das alles nicht! ...

Wir verstanden es auch nicht. Ebensowenig verstanden wir seine Beziehung zu Annettotschka. Einerseits wartete sie in Paris auf ihn, liebte er sie, wie er immer wieder beteuerte, mehr als sein Leben, war nicht einmal das letzte Glied seines kleinen Fingers diese Frau wert, andererseits konnte er sie als sein anämisches Edelweiß bezeichnen, weil sie so klein und schwach sei und nichts aushalte, eine krepierende Ratte eigentlich, die seinen Abstieg als Sänger nicht verkraftet habe.

Je mehr wir in sein Leben drangen, Anteil nahmen, umso stürmischer gestaltete sich seine Sympathie für unser biederes Haus.

Ihr seid ja so normal! beteuerte er des öfteren. Ihr habt keine Ahnung, wie sehr mir dieses exaltierte Theatervolk auf die Nerven geht, diese Päderasten mit ihrem affektierten Getue!

Wir müssen was für ihn tun, sagte Alex. Er packt einfach alles verkehrt an, kann sich nicht vermarkten. Wir werden ihn mit dem Niedlich bekannt machen, dem Steuerberater, den ich immer in der Sauna treffe.

Der erzählt dauernd von irgendwelchen Operngrößen, mit denen er per du ist, und singt sogar selber.

Ist das der mit den Affen? erinnerte ich mich.

Ja, der. Ist überhaupt sehr vielseitig, er komponiert auch und veranstaltet Konzerte.

Ein Konzert – das war das Stichwort. Aman würde ein Konzert geben und die Opernfreunde davon überzeugen, daß er schleunigst zurück auf die Bühne mußte. Niedlich mußte uns mit seinen Beziehungen helfen ... Ich sah mich plötzlich in der Rolle eines Managers. Und nicht nur in dieser.

Aman war Feuer und Flamme: Will ich lassen Schönstes in diese Land. Zwei Jahre, und ich waren wie in Friedhof, aber jetzt will ich machen uno bellissimo!

Mit dem Friedhof war zweifellos unsere Provinzbühne gemeint, an der ihm engstirnige Regisseure und verstaubte künstlerische Konzepte alle Entfaltungsmöglichkeiten genommen hatten.

Du mußt meine russischen Lieder übersetzen, damit die Leute auch wissen, was ich singe! befahl Aman, und seine Stimme duldete keinen Widerspruch.

Ich glaubte nicht recht zu hören.

Du hast Poesie, meine Freundin, und du mußt sie diesen Eseln begreiflich machen. Oder willst du, daß ich Perlen vor die Säue werfe? ...

Wieso Eseln?

Aman hörte mich nicht. Also. Dieses Konzert ist meine letzte Chance, euch mein Land zu zeigen, meine Seele, meine Kunst. Aber ohne dich geht das nicht.

Aber, um Himmels willen, ich habe zwanzig Jahre nichts mehr ...

Ich will, daß du das für mich machst. Es ist deine heilige Pflicht im Namen der Kunst. Wir müssen diesen

Idioten einen Spiegel vorhalten! Das geht nur, wenn du meine Texte übersetzt!

Ich hatte plötzlich einen anderen Aman vor mir, nicht diesen sanftmütigen, den ich gewohnt war, sondern einen wütenden, fanatischen Aman. Wie, fragte ich mich, konnte man sein Publikum nur als Esel und Idioten bezeichnen?

Aman schien meine Gedanken erraten zu haben, denn er schlug plötzlich einen anderen Ton an. Du darfst mich nicht so wörtlich nehmen. So bin ich eben, daß mich alles, was meiner Kunst im Weg ist, ins Herz trifft. Ich möchte sie den Menschen zu Füßen legen, möchte, daß sie innehalten, sie aufheben und sich, für einen Augenblick wenigstens, beschenkt fühlen. Was glaubst du, was das für eine Welt wäre, wenn alle Menschen in die Oper gingen? Wenn jeder dieses Herdfeuer vor Augen hätte, von dem ich singen werde, sich in das Schicksal des Verbannten versetzte, seiner Mutter, die ihrem Sohn nachtrauert. Weißt du überhaupt, wie so ein russisches Herdfeuer aussieht? Paß auf ...

Aman erging sich in einem langen kulturhistorischen Exkurs, der sich schließlich in einer mittelasiatischen Lehmhütte verlor. Dann sang er das Lied des Verbannten.

So etwas kann man nicht übersetzen, sagte ich betroffen, als er geendet hatte.

Du kannst es!

Er beschwor mich, ich wand mich. Nachts aber setzte ich mich hin, wälzte Wörterbücher und ging vergessenen Bildern nach – fand verstoßene Träume vor. Und alles war mit einem Schlag wieder da: die Sprache der Fremde, ihre Kälte, wenn man sie nicht verstand, ihre Herzenswärme, wenn man sie aufschloß. Die Kontraste der schiefen Hütten und Fünfjahrespläne, der Zwiebeltürme vor Hochhausfassaden, dieses Andere, das mich damals, während meines Studienaufenthaltes in diesem Land des Widersinns, so völlig aus meiner Geborgenheit geholt hatte. Die Reduzierung der Ansprüche auf ein ungeahntes Minimum. Die Entdeckung der Freude am Banalen. Ach, diese Phantasien, die aus den winzigen Wohnungen wucherten! Der Reiz des Verbotenen, wo doch alles verboten war! Diese erdrückende Allgegenwart einer vom Terror geprägten Vergangenheit ...

Du bist eine Künstlerin! jauchzte Aman, als ich ihm meine Übersetzungen zeigte, und küßte mich so heftig, daß sich meine Brille ganz verbog. Du wirst sehen, unser Konzert wird ein Bombenerfolg! Dieser Lieblich oder Friedrich hat versprochen, einflußreiche Leute einzuladen, die mich weitervermitteln werden. Wir müssen uns gründlich vorbereiten. Gründlichissimo!

Hörte ich richtig? Wieso wir?

Ja, bevor ich singe, wirst du die Lieder deklamieren. In einem langen Kleid, bei Kerzenschein wirst du sie vortragen, und wenn ich dann auftrete, werden die Herzen im Saal sein wie der Schoß einer Frau, die ihren Geliebten empfängt!

Er war nicht mehr zu halten, wie immer, wenn es um seine Lieder, seine Kunst ging. Was hatte ich mir da eingebrockt? Ich überlegte fieberhaft, wie ich aus der Geschichte aussteigen konnte, beschwor Alex, doch ein Machtwort zu sprechen.

Kommt nicht in Frage, gab sich der plötzlich liberal. Du bist ein freier Mensch, du mußt das selbst entscheiden.

Und dabei merkte ich ihm an, wie sehr es ihn gekränkt hätte, wenn ich mich gedrückt hätte. Wahrscheinlich hatte er schon überall herumerzählt, daß seine Frau mit dem berühmten Sänger Aman Muchtumkuli ein Konzert geben würde: Was, Sie kennen ihn nicht? Das ist doch der, der den Fliegenden Holländer gesungen hat!

Um ein Haar hätte sich die Sache ohnehin von selbst erledigt. Doktor Niedlich wollte nämlich, daß Aman mindestens das halbe Konzert mit den von ihm selbst vertonten Liedern bestreite, außerdem wollte er ihn dabei selbst am Klavier begleiten. Aman war außer sich.

Ich bin doch nicht wahnsinnig und ruiniere mir meinen letzten Ruf! brüllte er. Was glaubt denn dieser Dilettant? Ich bin doch nicht sein Urwaldvieh! Das war nicht ausgemacht. Nein, so weit bin ich noch nicht heruntergekommen, daß ich mich für solche Stümpereien hergebe!

Er schrie zum Glück auf russisch, und ich bot beim Übersetzen mein ganzes diplomatisches Geschick auf, um Niedlich nicht vollkommen zu vergrämen. Der zog schließlich beleidigt seine Bedingung zurück.

Die nächste Überraschung war der Veranstaltungsort. Kleines Nobelhotel in ländlicher Abgeschiedenheit, so nennt man das, wohin uns Niedlich brachte. Während er auf ein Bier in die Bar ging, damit sich Aman in Ruhe an die Atmosphäre gewöhnen könne, nahm uns die Direktrice, ein junges Mädchen mit neckischem Zopf am Hinterkopf, in Empfang. Aman küßte sie artig und stellte mich als seine Poetin vor.

Aber wir haben noch kein Klavier! murmelte sie errötend, mich wohl mit seiner Pianistin verwechselnd, und führte uns in den für das Konzert vorgesehenen Konferenzsaal.

Amans gewinnendes Lächeln war augenblicklich verflogen, er raufte sich verzweifelt die herrliche asiatische Mähne und vergaß schon wieder alle Regeln von Aussprache und Grammatik: Diese Teppisch ißt meine

Stimme! Diese Quasimodo ist ein Verrückt! Ich singe nicht!

Es war sogar mir als Laien klar, daß der Teppichboden, mit dem der ganze Raum ausgelegt war, der Akustik nicht gerade förderlich war. Und dann, das Herz krampfte sich mir zusammen, unsere romantischen, mit soviel Liebe ausgesuchten und übersetzten russischen Lieder – an einem Tagungsort für Industriebosse und Volkshochschullehrer!

Für das Konzert ist selbstverständlich Kinobestuhlung vorgesehen, beruhigte die Direktrice Aman, als sie bemerkte, mit welcher Todesverachtung er die zu einem langgezogenen »U« angeordneten und mit Aktenmappen bedeckten Tische betrachtete. Im Moment findet hier ein Seminar statt, die Teilnehmer sind eben beim Cocktail nebenan.

Ich flehte Aman an, dem so schmählich als Quasimodo titulierten Doktor Niedlich keinen Skandal zu machen. Dieser Liederabend ist doch eine Chance für dich! Wer weiß, wer da aller kommt!

Ach, er wußte es besser als ich, daß er nehmen mußte, was daherkam. Es nützte nichts, verflossenem Ruhm nachzutrauern, dem opernsüchtigen Publikum seiner Heimat, das ihn nach jeder Vorstellung mit Blumen und Briefen überschüttete, den Bühnen in aller Welt!

Also ging das Feilschen um einen Probentermin an. Die Hotelmanagerin zeigte sich überrascht, mit einem zusätzlichen Termin hätte sie nicht gerechnet, der Saal sei nämlich schon für Wochen ausgebucht. Aman schäumte, schickte nach Niedlich, um das Konzert endgültig abzusagen. Der verlangte mit rotem Kopf von der Hoteldirektion die Kaution zurück, die er bereits erlegt hatte. Drohte überhaupt, seine kulturellen Aktivitäten einzustellen, bei denen ohnehin nichts herausschaue, die ja nur ein Gegengeschäft seien für die Werbung, die ihm dieser bankrotte Laden versprochen habe ... Und siehe da, auf einmal gab es Probentermine, wann immer es dem Herrn Doktor und dem Herrn Opernsänger konvenierte.

Denke ich heute an diese letzten heißen Junitage zurück, so sehe ich mich plötzlich selbst in einer Opera buffa neben Aman agieren. Auch Alex hat darin eine tragende Rolle. Nur, wie unser Stimmfach heißt, weiß ich nicht.

Wie immer. Amans Rückkehr nach Paris, zu Frau und Kind, war zwar erst nach dem Konzert geplant, aber sie warf schon jetzt ihre bizarren Schatten voraus. Mitten in meinen Waschtag platzte sein Anruf, daß er augenblicklich seine Wohnung räumen müsse, er halte diese Weiber nicht mehr aus.

Welche Weiber?!

Alle sind sie gleich, die pubertären Opernfans genauso wie die alten Jungfern vom Chor, die einen dauernd bemuttern. Erst reden sie von hehrer Kunst und platonischer Liebe, und dann fallen sie wie Hyänen über dich her und versuchen dich in ihr Bett zu zerren. Ich kann mich so nicht auf das Konzert vorbereiten. Bitte schick mir deinen Mann, damit er mir hilft, die Sachen in Marias Keller zu transportieren.

Was für eine Maria? Und wieso die Sachen ...

Ich kann doch nicht mit dem ganzen Zeug in Paris aufkreuzen! Meine arme Annettotschka fällt in Ohnmacht, wenn ich damit vor der Türe stehe. Sie kriegt so schon keine Luft, sagt sie, wenn ich mit meinen hundertzwanzig Kilo daherkomme! Ich deponiere es einfach bei Maria, bis ich weiß, wo das nächste Engagement sein wird.

Alex ist nicht zu Hause. Außerdem, wo willst du denn jetzt wohnen?

Irgendwo, vielleicht bei diesem Billeteur. Aber das ist nicht so wichtig. Viel wichtiger ist, daß ich hier wegkomme. Bitte, hilf mir!

Ich ließ die Wäsche in nassen Klumpen zurück und fuhr zur angegebenen Adresse. Dort lag vor der Haustüre bereits ein Berg von Sachen: Schachteln mit Geschirr und Lebensmitteln, Decken, Blumentöpfe, Matratzen, Bücher, Notenbündel mit einzelnen Schuhen und Wäschestücken garniert. Scheppernd rollte ein gußeiserner Topf vor mein Auto.

Vorsicht, mein Kasan! vernahm ich von irgendwo Amans sonoren Baß. Du weißt nicht, was das ist?

Durch das heruntergekurbelte Fenster erklärte er mir, was ein Kasan sei. Darin, nur darin werde das mittelasiatische Nationalgericht Plow zubereitet. Schwitzend, den dichtbehaarten Oberkörper enblößt, und eine lange Teppichrolle geschultert, stand er da und erklärte mir, wie man Plow mache. Dazu brauche man Unmengen von Reis, Unmengen von Zwiebeln, Unmengen Karotten, und die müsse man ganz, ganz fein zerschnipseln, dann müsse man ...

Als er fertig war, küßte er mich durchs Fenster und wuchtete erst die Teppichrolle und gleich darauf einen Betteinsatz aufs nackte Autodach, ohne meine Proteste zur Kenntnis zu nehmen.

Aber das muß doch angebunden werden! rief ich verzweifelt.

Er antwortete nicht, riß verbissen aus den herumliegenden Schuhen die Bänder heraus und band die Ladung an den Türen fest, daß ich weder aus- noch er einsteigen konnte und an eine Verstauung der übrigen Sachen nicht zu denken war. Mir war alles egal, ich dachte nur an das zerkratzte Autodach, für das mich Alex zur Rechenschaft ziehen würde.

Als schließlich doch alles im Auto war, und sich Aman, die langen Beine, die seltsamerweise in Galoschen steckten, wie ein Heuschreck zusammengeklappt, neben mich zwängte, wollte ich wenigstens wissen, wer diese Maria sei.

Ach, das ist eine rumänische Tänzerin, eine alte Tante, die jetzt nur mehr Ballettunterricht gibt. Ich hab ihren Schlüssel, aber mach schnell, solange sie in der Probe ist, besteht keine Gefahr!

Wieso Gefahr, um Himmels willen?

Du kennst diese Schlangen im Theater nicht ...

Mit dem schwankenden Bettgestell auf dem Dach und aus dem Kofferraum ragenden Besenstielen fuhren wir bei Rot über die Kreuzung. Triumphierend hielt uns ein Polizist auf.

Bin ich eine berühmte Sänger! deklamierte Aman über meinen Kopf hinweg in sein perplexes Gesicht. Bin ich Don Giovanni, muß ich ganz schnell in Premiere. Schönste Oper, wenn wollen Karte, kann ich machen Karte für schönste Platz, aber wenn zu spät ...

Mir brach der Schweiß aus bei soviel haarsträubendem Unsinn und dem Gedanken an meine verkehrsuntaugliche Fetzenfuhre. Aber als Aman dann auch noch anfing, eine Arie durchs Fenster zu schmettern, da klappte der Polizist erschrocken seinen Block zu und winkte uns durch.

Vor Marias Haus landeten die Sachen erst wieder auf dem Gehsteig, um von hier Stück für Stück und in großer Hast in das reservierte Kellerabteil geschafft zu werden. Nur die Decken und das Bettzeug wollte Aman noch schnell in die Wohnung hinauftragen.

Er hatte es kaum ausgesprochen, da wuchs eine weiße

Gestalt aus dem Halbdunkel des Stiegenhauses, eine Art Ophelia mit wallendem Blondhaar und blankem Entsetzen hinter großen Brillengläsern. Aman, was ist passiert?!

Ich kann jetzt nicht, ich muß zum Zug! keuchte Aman und stieß sie mit dem Bettzeug zur Seite.

Händeringend folgte ihm die Gestalt. Aber wieso, ich dachte ...

Aman ließ eine Kaskade widersprüchlicher Ausreden auf sie herab, von Telegrammen und Terminen, Proben und Vorsingen, stopfte die Decken in den Lift und wuchtete seine einskommazwei Zentner drauf. Und ehe noch Maria händeringend ihr Lamento beendet hatte, daß er doch in so einem Zustand nicht singen könne, und außerdem der Dreck, den er mit den Decken in ihre Wohnung schleife, war Aman nach oben entschwebt.

Ich zuckte nur die Schultern, murmelte beschämt, daß ich mich auch nicht auskenne, und flüchtete mich ins Auto. Es dauerte keine halbe Minute, da saß Aman wieder neben mir:

Bitte, bring mich weg, irgendwohin, ich will nichts mehr mit dieser Person zu tun haben!

Ein Apfel flog durchs Fenster, und im Anfahren hörte ich, wie uns Maria verzweifelt nachrief: Reiseproviant! ... Es war ihre letzte Liebesgabe für den Mann, den ich ihr nun zu entführen gezwungen war.

Ich brachte ihn zu uns.

Alex, mittlerweile eingetroffen, lächelte gequält, als ich Aman, mit einem Koffer in der Hand, vor mir her in die Wohnung schob.

Es ist nur für eine Nacht, log ich. Ich erklär dir das später ...

Nun ja, damit begannen die Konflikte. Alex ließ sich ohnehin viel gefallen, denn wenn Aman nicht gerade seine nervtötenden Stimmübungen machte oder im Theater war, um mit der Pianistin für das Konzert zu proben, war er dessen zügellosem Temperament hoffnungslos ausgeliefert.

Die Konflikte begannen in der Küche. Aman wollte sich für die ihm erwiesene Gastfreundschaft auf seine Weise erkenntlich zeigen und uns mit Nationalgerichten seiner Heimat verwöhnen, nicht ahnend, daß er dabei dem Hausherrn ins Gehege kam, der selbst ein leidenschaftlicher Hobbykoch war. Alex benahm sich dementsprechend wie ein Platzhirsch, der mit ohnmächtigen Drohgebärden den Rivalen zu beeindrucken sucht, denn als höflicher Mitteleuropäer wagte er keinen gewaltsamen Protest gegen die mittelasiatischen Reis-, Fleisch- und Knoblauchorgien des Gastes. Er setzte mir nur im Schlafzimmer zu, doch diese Schweinereien dezent zu unterbinden. Also lockte ich Aman auf anderes Terrain. Ich trug ihm Gartenarbeiten auf und mußte zusehen, wie hinter unserem Haus bald ein Netz von knietiefen Aryks entstand, den in Wüstengebieten üblichen Bewässerungsgräben, zwischen denen die Beete wie monströse Grabhügel in den Himmel wuchsen.

Als Aman bemerkte, daß er doch etwas zu weit gegangen war, versuchte er seinen Freund mit einer original mittelasiatischen Massagebehandlung zu versöhnen. Als ehemaliger Schwerathlet war er ja auch mit der Praxis des Massierens vertraut und hatte sein kümmerliches Stipendium am Konservatorium als Masseur aufgebessert. Ja, selbst noch als gefeierter Opernsolist habe er Generäle und Parteibonzen in der Sauna bearbeitet, erzählte er, und sei von ihnen bekniet worden, nur mehr für ihr körperliches Wohlbefinden dazusein. Für viel Geld, versteht sich, und auch anderes. Da habe er dann doch auf diesen lukrativen Nebenverdienst verzichtet.

Alex glaubte seine letzte Stunde gekommen, als er, splitternackt, auf unserem Eßtisch lag, und Aman, nicht viel weniger nackt und umgeben von Wasserbottichen unterschiedlicher Temperatur, schweißtriefend an ihm herumknetete, als habe er es mit einem Lehmbatzen zu tun. Jedenfalls schlich Alex die nächsten Tage wie ein geprügelter Hund durch die Gegend.

Das war ungefähr der Zeitpunkt, wo ihm der Kragen platzte und er mich vor die Alternative stellte: Er oder ich!, und ich ihn anflehte, sich doch noch ein paar Tage zu gedulden: Nur ein paar Tage noch! Seine Stimme! Das Konzert! …

Aman schien das Ehedrama nicht zu bemerken. Ahnungslos sang er sich in mein Herz.

Dein Charme, Schamane, auch ohne Frack! Das Perlmuttherz, das du zerschmettert hast an tauben Wänden, mit großer Geste und einem Lächeln, gleich neben dem Tod. Seelenfänger mit gewittrigen Trommeln und klingenden Schlingen! Lieder, wie Seide im Wind.

Räuspernd schritt er mit großen Schritten unser Wohnzimmer ab, die gespreizten Hände wie zur Andacht gefaltet, an die Lippen gelegt, um dann mit einer jähen Kehrtwendung den Kopf zurückzuwerfen und, den Arm beschwörend in einen imaginären Raum gestreckt, diesen zarten Saiten in seinem Kehlkopf ganz andere Töne zu entlocken.

Eine ausladende, majestätische Geste – und prunkvolles Zarengewand floß an ihm herab, der Geist des ermordeten Dmitrij irrlichterte in seinem Blick; verführerisches Augenzwinkern, die Überlegenheit des Kavaliers in Mimik und Pose, die Unwiderstehlichkeit des ewigen Herzensbrechers – Don Giovanni griff nach der Krücke meiner Mutter, die im Eck lehnte, und sie verlor ihre starre Form, verwandelte sich, in Blumen vielleicht, in eine Frau vielleicht; ja, und, wie konnte es nur geschehen? Ein Fingerschnippen hat mich unversehens in Fausts Studierstube katapultiert, ein anderes mitten in die Walpurgisnacht: Verlockung wechselt mit Hohn, Mienenspiel, Gestik und Melodie verschmelzen zu höllischer Lust, artiges, schmeichelndes Getue explodiert in satanischem Gelächter ... Mein Gott! Ein Zittern geht durchs Mauerwerk, Verputz kommt von den Wänden, klirrend zerbirst das Geschirr in der Vitrine, mit einem Knall fliegt das Dach davon ... Und ehe die Nacht mich umfängt, sehe ich noch, wie Mephisto, nein, der Fliegende Holländer sein schwarzes Tuch nach mir wirft: Wenn alle Toten auferstehn, dann werde ich in Nichts vergehn ...

Was das gewesen ist? Ach, eine Stimme bloß, ein Motiv. Ja, aber wieso schlägt auf einmal Sentas Herz in meiner Brust? ...

Die Probe war für zwölf Uhr mittags angesetzt. Vom Einkaufen heimkommend, fand ich in der Küche Amans schriftliche Anweisung vor, daß ich ihn, die Pianistin und Maria um halb zwölf beim Theater abzuholen hätte. Maria? Ein Gefühl, ähnlich wie Eifersucht, begann sich in mir zu regen.

Als ich beim Theater ankam, sah ich Aman lebhaft mit den beiden Damen gestikulieren, als übe er einen Auftritt. Stumm fiel er mir dann um den Hals und deutete stumm auf seine Lippen. Ich bestand auf einer Erklärung, was das solle. Mit pantomimischer Fertigkeit gab er mir zu verstehen, daß er was zum Schreiben brauche, fischte einen zerknitterten Papierfetzen aus der Tasche und kritzelte, mein Auto als Unterlage gebrauchend, in russischer Sprache darauf: Geliebte Freundin! Vor einem Konzert muß ein Sänger seine

Stimme verweigern, so, wie er seine Liebe einer Frau verweigert. Das ist er der Kunst schuldig, der er sich verschrieben hat, das muß begreifen, wer sich ihm verschrieben hat. Das hast du doch, oder? Wenn du also an mich glaubst, wirst du alles hinnehmen, auch wenn du es nicht verstehst, und genau das tun, was ich dir auftrage ...

Was hat er denn geschrieben! wollte Maria von mir wissen.

Er hat mir Regieanweisungen für meinen Auftritt gegeben, schwindelte ich errötend. Jetzt, wo ich wußte, daß mir von ihrer Seite keine Gefahr mehr drohte, tat sie mir auf einmal leid.

Schweigend, so, als hätte Amans Redeverzicht auch auf uns übergegriffen, fuhren wir los.

Doktor Niedlich hat eben angerufen, er wird sich etwas verspäten. Einer seiner Affen hat ihm den Autoschlüssel verschleppt! verkündete die Hotelmanagerin mit charmantem Lächeln, als wir das Foyer betraten. Aber Sie können auch ohne ihn anfangen.

Ohne ihn?! schrieb Aman mit wilder Schrift auf einen Reklamezettel, der auf dem Rezeptionstisch herumlag. Er hat doch versprochen, pünktlich zu sein und sich um die Organisation zu kümmern. Das ist eine Frechheit! Ich werde nicht singen!

Irritiert schaute die Managerin auf den Zettel, auf dem sie ohnehin keinen Buchstaben entziffern konnte, weil es russische Buchstaben waren, und wußte nicht recht, was der eigentliche Witz war – das mit dem stummen Maestro oder das, was ich ihr übersetzte.

Fangen wir halt an, meinte die Pianistin mit englischem Akzent. Sie war, wie ich später erfuhr, Kanadierin und begleitete seit dreißig Jahren die Ballettproben an unserem Theater auf dem Klavier. Ich muß sowieso erst das Klavier ausprobieren, ob es richtig gestimmt ist.

Als hätte sie es geahnt! Schon nach den ersten Akkorden stöhnte sie: Das ist doch kein Konzertinstrument! Auf diesem Klimperkasten ruiniere ich mir nur die Finger! Entweder ein neues Klavier, oder ihr könnt mich gernhaben!

Die Managerin griff sich gequält an den Kopf und merkte nicht, wie sich ihr neckischer Zopf aufzulösen begann. Sie lief in die Halle, um zu telefonieren.

Aman lehnte sich ans Fenster des Konferenzraumes und schaute melancholisch in die hitzeflimmernde Hügellandschaft hinaus, wobei seine schmalen Augen noch schmäler wurden. Sah er dort Kamele auf fernen Dünen?

Maria schlug ihm vor, doch zur Entspannung zu meditieren.

Laß mich! fauchte Aman und vergaß einen Moment, daß er ja seine Stimme verweigerte. Dann bat er mich, in seine Pantomime zurückfallend, um einen Kamm, hielt ihn gegen das Licht und säuberte ihn schließlich umständlich mit einem Zahnstocher, den er in einem Aschenbecher gefunden hatte. Erst dann fuhr er sich durchs frischgewaschene Haar.

Maria lief, einen Tee für Amans Stimmbänder zu besorgen.

Mir war mulmig, wenn ich daran dachte, daß ich vor einem Publikum Gedichte deklamieren sollte. Die Pianistin erzählte von ihrem Mann, der beim Goldsuchen in Alaska verschollen sei. Trotzdem wurde das Warten immer unerträglicher.

Wir haben ein Ersatzklavier! verkündete nach eineinhalb Stunden die Managerin freudestrahlend. Jetzt brauchen wir nur noch ein Fahrzeug für den Transport!

Aber ich sollte doch in zwanzig Minuten im Theater sein! stöhnte die Pianistin. Die Ballettprobe! Und das Klavier ist noch nicht einmal auf dem Weg!

Wo bleibt der Friedrich! kritzelte Aman nervös auf eine Serviette. Meine Liebe, geh bitte zur Rezeption und mach einen Skandal! Ich schmeiße das Konzert! Sollen sie sich einen anderen Trottel finden, der sich sowas für diese lächerliche Gage bieten läßt!

Wie macht man einen Skandal? Mein Gott, was verlangt dieser Mensch noch alles von mir? Auf was hab ich mich da nur eingelassen? Und was wird Alex sagen, weil es heute schon wieder nur Konservensuppe mit trockenen Semmeln zu Mittag gibt?

Ziellos irre ich durch die leeren Hotelgänge, nähere mich zögernd der pompösen Rezeption. Sie ist zum Glück verwaist.

Dann und wann queren graumelierte Herren mit Diplomatenkoffern meinen Weg, streben mit wichtiger Miene auf die Bar zu.

Ich habe ihnen einen Skandal gemacht, melde ich Aman nach meiner Rückkehr. Befriedigt nickt er, setzt seine ruhelose Wanderung zwischen den Seminartischen, die noch niemand für das morgige Konzert weggeräumt hat, fort.

Herr Doktor Niedlich ist eben eingetroffen, teilt die Managerin um etwa fünfzehn Uhr mit. Sie strahlt dabei, als kündige sie den Auftritt eines Stars an, wagt sogar ein Scherzchen: Jetzt kann auch das Klavier nicht mehr weit sein.

Niemand lacht. Aman wendet sich von seinem Wüstenhorizont ab, verfaßt mit zornigen Schriftzügen eine weitere Note: Sag dem Friedrich oder Lieblich, wenn er kommt, daß er ein Schwein ist! Geht man so mit einem Künstler um?

Ich nicke gehorsam, stecke den Zettel ein. Niedlich betritt die Szene, breitet seine kurzen Arme aus.

Aman, es tut mir leid ... Na, was ist, Alter, warum sagst du nichts? ... Was hat er denn? fragt er mich, als Aman stumm zurückweicht.

Er muß seine Stimme schonen. Das ist so ein ungeschriebenes Gesetz bei Opernsängern, drei Tage vor einem Konzert ..., flüstere ich ihm zu.

So ein Spinner, murmelt Niedlich, zu seiner Frau gewendet, einer molligen, eleganten Dame, und greift sich an die Stirn, als wolle er sich den Schweiß abwischen.

Also, das mit dem Klavier, schimpft die Pianistin, ist eine Frechheit! Wie lange soll ich noch ...

Die dicke Luft, die unter den Anwesenden herrscht, drückt aufs Gemüt. Verstört zieht sich Niedlichs Frau ins Foyer zurück. Ganz unerwartet übernimmt Maria die mir zugedachte Rolle der Skandalmacherin. Sie stürzt der Niedlich nach, man hört ihre aufgeregte schrille Stimme von draußen.

Ich bitte dich, flüstert Aman auf einmal, halte dieses hysterische Weib zurück, gleich passiert eine Katastrophe, ich kenne sie!

Ich komme zu spät: Maria hat die Niedlich schon an den schön frisierten Haaren.

Haltet mir diese Wahnsinnige vom Leib! kreischt die Angegriffene.

Ihr Banausen, ihr Spießer, drei Stunden warten wir auf euch! Ein Konzert wollt ihr veranstalten, mit einem großen Namen wollt ihr euch schmücken und findet es nicht einmal der Mühe wert ... Ich weiß genau, du steckst dahinter, du bist auf die Stars geil, und nur ums Geld geht es euch! ... Wieso geht ihr nicht auf den Jahrmarkt, dort wärt ihr in einer Schießbude besser am Platz!

Ihr habt ja keine Ahnung von der Psyche eines Sängers, von Kunst, ihr, du ...

Maria ist wie von Sinnen. Nur mit Mühe gelingt es mir, sie zur Räson zu bringen.

Im Saal rauft sich derweil der Niedlich die wenigen Haare. Wenn ich das gewußt hätte, hätte ich mich nie im Leben auf diesen verrückten Sänger eingelassen. Was glaubt er denn, wer er ist? Ein Nichts ist er! Ich geb ihm da eine Chance, gebe meinen guten Namen für ihn her ... Er führt sich ja auf, als wär er der Carotti oder Pavaruso, das heißt ... ach, habt mich gern ...

Aman kriegt das zum Glück nicht mit. Mit riesigen Schritten, wie ein Zar, der überlegt, ob er abdanken oder einen Krieg beginnen soll, durchmißt er den Saal, beschwört mit gespreizten Fingern sich selbst, Ruhe zu bewahren.

Niedlich hantiert verbissen mit dem Mikrophon, durch das ich rezitieren soll.

Das Klavier ist da! ertönt die Frohbotschaft von draußen. Die Pianistin unterbricht ungläubig ihre Fingermassage, der Zar sein rastloses Aufundab.

Maria, die sich schmollend in eine Ecke zurückgezogen hat, fällt der Frau Niedlich schluchzend in die Arme.

Alles starrt gebannt auf den Eingang. Aber da tut sich nichts. Nach einer Viertelstunde erscheint ein schwitzender Mensch und verkündet: Wir haben Probleme mit dem Lift, das Klavier müßte senkrecht gestellt werden!

Um Gottes willen, nur das nicht! kreischt die Pianistin auf einmal. Ihr müßt es unbedingt waagrecht transportieren, sonst muß es ganz neu gestimmt werden!

Ja, aber die Wendeltreppe ... Vielleicht außen durchs Fenster mit einer Hebebühne ... Woher denn eine Hebebühne ... Doch die Wendeltreppe ... Alle Männer anpacken ...

Los, Aman, das ist was für dich! kommandiert Niedlich, der sich das Kreuz verrissen hat. Jetzt kannst du zeigen, was für ein Kraftlackel du bist!

Nun werfe endlich auch ich mich in die Schlacht.

Herr Niedlich, schreie ich. Wie stellen Sie sich das eigentlich vor? Morgen soll Aman singen, um nicht zu sagen, Perlen vor die Säue werfen in Ihrem Nobelpuff hier, und Sie verlangen, daß er sich das Klavier auch noch selber hochstemmt?! Das geht zu weit. Komm, Aman, das lassen wir uns nicht bieten! ...

Auf diese Weise hatte ich mich endgültig als Aman Muchtumkulis Impresario qualifiziert. Erleichtert darüber, daß ich es ihm abgenommen hatte, dieses verkorkste Konzert zu schmeißen, drückte er mir zum Abschied eine Mappe mit seinen persönlichen Unterlagen samt einer Vollmacht in die Hand und einen warmen Kuß auf die Stirn und verlud seine Koffer und die Teppichrolle, die er damals in der Eile auf meinem Autodach vergessen hatte, in den Zug nach Paris.

Ich aber war in den folgenden Wochen und Monaten ausschließlich damit beschäftigt, seine Interessen wahrzunehmen. Was heißt Interessen! In erster Linie ging es darum, die eigene Haut zu retten, denn nicht nur die gerichtliche Klage des Doktor Niedlich wegen des geplatzten Konzerts blieb an uns hängen, sondern auch alle möglichen Scherereien durch die Konfusionen, die der Sänger gestiftet hatte. Immer wieder standen Polizisten vor unserer Tür, die ihn wegen eines Verkehrsdeliktes mit einem Fahrrad suchten, dann wieder der Billeteur, der eben dieses Fahrrad, von dem ich nichts wußte, zurückverlangte. Ich mußte mich mit den Behörden wegen seiner Arbeitslosenunterstützung und mit der Bank wegen eines nicht eingehaltenen Bausparkassenvertrags herumschlagen, ihm einen gefälschten Führerschein, den ein Sängerkollege während eines Gastspiels in Mexiko für ihn organisiert hatte, unter einem fadenscheinigen Vorwand umschreiben lassen, mich mit Maria streiten, weil Aman darauf bestanden hatte, daß ich seine Hinterlassenschaft aus ihrem Keller in den unseren übersiedle, die sie aber nicht herausrücken wollte, vor allem aber in seinem Namen bei Agenturen und Theatern auftreten, Tonbandkassetten, Photos und Lebensläufe ohne Zahl verschicken.

Da drehte mein Mann eines Tages durch. Er sah sich rundum von mir betrogen und verlangte die Scheidung. Vergeblich versuchte ich ihn zu beschwichtigen: Das ist nicht so, wie du denkst! Man muß Aman helfen, es gilt, eine große Stimme zu retten, du hast doch selbst ...

Es nützte nichts. Er setzte die Trennung durch, nahm der Rabenmutter die Kinder weg und zog mit einer Kollegin zusammen, die nicht nur darauf schaute, daß er immer ein frisches Hemd anhatte, sondern auch viel besser Tennis spielte als ich.

Was mir die Kraft gab, das alles durchzustehen und weiterzumachen, immer weiter? Vielleicht Amans letzter Brief.

Schwesterchen! Liebste! schrieb er mit seinen ausladenden russischen Buchstaben, die eher den Ornamenten persischer Teppiche glichen und wild übers Papier tanzten. Sei nicht bös wegen all der Scherereien. Aber so ist das nun mal, wenn man sich auf einen fahrenden Sänger einläßt. Niemand wollte sie haben, meine Stimme, nur du. Du, ja, hast sie an dich genommen, deine Seele damit geschmückt, wie diese eitlen Weiber ihre welken Hälse, die sie mit kostbaren Perlen behängen, wenn sie einmal in die Oper gehen. Ich werde weiter herumirren in dieser Welt, ein verfluchter Holländer, und nicht umsonst war das meine letzte Rolle. Erstickt bin ich an Königen, Mönchen, Frauenhelden, Zigeunern, an all den fremden Schicksalen, die ich in meiner Kehle trage, in meiner Brust, nur nicht an meinem eigenen. Das schlepp ich mit mir herum, seit die Tür meiner Heimat hinter mir ins Schloß fiel, für ewig gekettet an mein Instrument. Ja, ja, so ist das bei einem Sänger, es ist ihm nicht vergönnt, sein kostbares Stück wo zu verwahren, in einem Geigenkasten zum Beispiel, es zu bedecken mit einem Tuch, damit es nicht verstaubt, um sich einmal gehenzulassen. Solange du atmest, mußt du es vor jedem rauhen Luftzug behüten, vor Rauch und Alkohol sowieso. Du schmierst es mit lauem Zeug, prüfst es morgens beim Aufstehen und abends vor dem Schlafengehen und denkst bei jeder Aufregung zuerst daran, ob es dir noch gehorcht. Und erst, was es dich gekostet hat! Nein, ich will sie dir nicht vorrechnen, die vielen Liter Schweiß, die Berge der Verzweiflung, dieses Zigeunerleben – heute hier, morgen dort, um letzten Endes auf der Straße zu stehen, nichts weiter als ein Leierkastenmann: Ach, ihr lieben Leut! ... Aber solange es Menschen gibt, die an dich glauben, solange wirst du dieses Instrument wie ein Geschenk Gottes behandeln, es immer wieder liebevoll stimmen, so, als gelte es schon morgen die größte Partie deines Lebens zu singen ...

Eigentlich wollte ich mein Libretto an dieser Stelle beschließen, das weitere Schicksal meines Akteurs der Phantasie des Publikums überlassen. Aber die Umstände und nicht zuletzt mein Wunschdenken diktieren mir ein anderes Finale. Ich muß die Geschichte also durchstehen bis zum bitteren Happy-End.

Ein paarmal haben wir noch miteinander telefoniert, aber nur, um das mit der Bauchsparkasse (er sagte tatsächlich so) zu regeln, Termine und Orte zu fixieren, wo sich Aman vorstellen sollte, oder ihm mitzuteilen, welches Theater ihm wieder bedauernd eine Abfuhr erteilt habe – längere Ferngespräche konnte sich keiner von uns leisten. Dann habe ich nichts mehr von ihm gehört, und wäre es nicht um seine Sachen im Keller gegangen, ich wäre dumm gestorben.

Ja, der Hausverkauf und die Übersiedlung in eine winzige Wohnung stellten mich vor das Problem, wohin mit dem Zeug. Aber alle Versuche, es ihm zukommen zu lassen, scheiterten an Annettotschkas schnippischem Ton, wenn ich sie in Paris anrief, um mich nach Aman zu erkundigen. Er sei sehr beschäftigt, viel unterwegs, und im übrigen habe sie diese liebestollen Verehrerinnen satt, was ich denn glaube, undsoweiter. Das letzte Mal zeigte sie sich plötzlich gnädiger. Eigentlich meine sie nicht, daß er noch an dem alten Kram interessiert sei, wissen Sie, er singt nämlich zur Zeit am Bolschoi, und da ...

Ich traute meinen Ohren nicht. Am Bolschoi?

Ja, leben Sie am Mond? Noch nie was von Perestrojka und neuer Freiheit gehört? Jetzt holen die sich dort langsam alle abgewanderten Größen zurück. Aman ist für sie auf einmal der neue Schaljapin seit seinem Erfolg an der Met.

Die Met ... Schaljapin ... Warum weiß ich nichts davon?

Wieso sollten Sie? Was haben Sie denn mit der Sache zu tun?

Tja, was habe ich mit der Sache? ...

Eigentlich sollte ich mich freuen. Bloß, was mache ich jetzt mit den Schachteln? Ratlos stehe ich davor, und Maria fällt mir ein, wie sie sie mir vor die Füße schmiß und sich gebärdete, als hätte ich ihr den treusorgenden

Ehemann ausgespannt. Was habe sie nicht alles für ihn getan, diesen Windbeutel, diesen, diesen Gaukler mit der göttlichen Stimme, ihren Lebensgefährten habe sie seinetwegen mit dem Intendanten betrogen, damit er den Holländer kriege, undsoweiter, und ich würde schon sehen, mit so billigen Tricks – gemeint war Amans Hausrat, den ich auftragsgemäß abholte – würde ich ihn mir auch nicht kapern können …

Als ob ich das gewollt hätte! Wirklich nicht? Ach, wer kennt sich schon aus im Keller seines Herzens! Da ist es so dunkel drin und voll von überflüssigem Zeug. Da stehst du also, um kein Haar besser als eine hysterische rumänische Tänzerin, eine blöde Senta, die irdischem Glück entsagt, um einen verdammten Fremdling zu erlösen. Allerdings, wenn das stimmte, dann wärst du doch ins Wasser gegangen. Ins Wasser? Nein, so einfältig sind Dalands Töchter heute nicht. Die machen sich höchstens seufzend über die Habseligkeiten des Verflossenen her, schauen, was sie davon in ihrem neuen Haushalt brauchen können, und überlassen den Rest der Müllabfuhr. Und nur, wenn sie sich in einem gußeisernen Topf ein mittelasiatisches Gericht zubereiten, zerdrükken sie vielleicht noch eine Träne.

Wind aus Ost

Die Welt hat einen Knacks bekommen. Was heißt da Knacks? An einem ihrer schönsten Tage – von den Bäumen regnete es Blüten, die Berge hatten ihre Eispanzer abgeworfen und lockten mit dampfenden Wegen und schäumenden Rinnen, die Wiesen überboten einander an Saft, die Gärten an Duft, die Himmel an Sonne und die Felder an Sprießen, an Gedeihen, an kommender Frucht. Aufatmend strömten die Menschen ins Freie, warfen sich ins Gras oder sonnten sich auf ihren Balkonen, füllten lärmend die Gastgärten, die noch ohne Schatten waren, und trugen kokett die neue Frühjahrsmode zur Schau. An einem dieser Tage also tat sich mit einem Knall, den keiner hörte, ein Abgrund auf, den keiner sah, und eine Katastrophe nahm ihren Lauf, von der man zunächst nicht sagen konnte, daß es eine war: Es gab weder Tote noch Verwundete, weder Obdachlose noch Hamsterkäufe, weder Panik noch Geschrei. Alles ging seinen gewohnten Gang, zumindest schien es so. Die Hausfrauen standen mit ihren Einkaufstaschen tratschend an den Häuserecken, weißgekleidete Kinder wurden von ihren herausgeputzten Eltern zur Erstkommunion geführt, das Fernsehen verströmte mit den üblichen alten Filmen die übliche Öde, in den Firmen wurde fleißig an den Marktstrategien fürs nächste Jahrtausend gefeilt, die Straßenbahnen verkehrten mit der gewohnten Verspätung, alles wie immer – und doch …

Wer eben noch friedlich im Gras gelegen war, sprang auf wie von der Tarantel gestochen und stürzte unter die nächste Dusche. Die Bauern, die gerade ihr brüllendes Vieh auf die saftigen Weiden trieben, jagten es schleunigst in die Ställe zu den letzten dürren Hälmchen zurück. Auf dem Markt, der ein Fest war von Grünzeug und Salaten und Spinaten und Radieschen, schmissen die Händler eigenhändig ihr taufrisches Gemüse und überhaupt alles auf den Mist, das nicht schon halb verwest und nachweislich bereits vor der Katastrophe geerntet worden war. Die blühenden Parks blühten ganz für sich allein, keine Liebespaare, keine Pensionisten, keine Kinder, nur auf den Spielplätzen lagen bunte Plastikkübel und Schäufelchen herum, die auf lebhaften, jäh unterbrochenen Betrieb hindeuteten. Sanftmütige Mütter wurden zu Hyänen, die ihre Sprößlinge, wenn sie sie einmal kurz von der Hand ließen, schimpfend vom Boden hochzerrten und ihnen mit Prügeln drohten, wenn sie sich einem Strauch oder einer Blume näherten. Hunde gingen verlegen mit Gebilden um den Kopf, die aussahen wie Lampenschirme, vielleicht auch welche waren, und sie davon abhalten sollten, ihre Schnauze ins Gras zu stecken. Biogärtner standen fassungslos vor ihren verpfuschten Vitaminen, und eingefleischte Jogger verbarrikadierten sich in ihren Zimmern. Schwangere, dank ärztlicher Kunst endlich schwanger geworden, drängten auf Abtreibung, Nachbarinnen berieten nicht mehr über Sonderangebote und Abmagerungskuren, sondern über Bequerel im Salat und Millirem im Pudding, und im Fernsehen diskutierten Landwirte mit Ministern über Mistbeete und Radionuklide. Seltsames geschah auch mit den Präsidentschaftskandidaten (ein neues Staatsoberhaupt sollte demnächst gewählt werden), denen das strahlende Lächeln, mit dem sie auf unzähligen Plakaten um die Gunst der Wähler warben, zu einer Grimasse gerann, weil sich niemand um sie kümmerte. Jeder starrte nur gebannt in den Himmel, auch die Politiker, die sogar vergaßen, einander wie gewohnt zu beflegeln und sich ihre hochbezahlten Köpfe erstmals ernsthaft zerbrachen, was zu tun sei. Doch alles, was über ihre Lippen kam, waren Stoßgebete, die in diesen Tagen das ganze Land, die in diesen Tagen viele Länder zum Himmel schickten: Der liebe Gott möge doch endlich den Wind drehen und nur ja keinen Regen erlauben, alles, nur das nicht ... Aber der liebe Gott war taub und tat nichts gegen den Wind, der ausgerechnet jetzt mit einer geradezu bösartigen Hartnäckigkeit aus dem Osten kam, und der Regen, den niemand haben wollte, obwohl die Felder nach ihm dürsteten, fiel gnadenlos vom Himmel, daß die Menschen entsetzt in ihre Häuser flüchteten. Niemand konnte sagen, was da geschah, und im Grunde passierte eigentlich nichts anderes, als daß es Zahlen regnete und Werte, Warnungen und Empfehlungen, Hinweise und Verbote, die, in einem fort erlassen und wieder aufgehoben, keinem einleuchteten. Sie, ja sie waren das Gift, das sich in die Hirne der Menschen fraß, das Unheil, das sich an ihre Fersen heftete: Es drang durch die Ritzen ihres Verstandes, strahlte aus den Fernsehröhren, troff aus den Zeitungen, rieselte aus dem Äther und regnete in ihre Gulaschtöpfe. Das Gift hieß – Angst. Und es war die Angst, die alles Tun der Menschen zu einem Taumeln werden ließ.

Tausend Kilometer weiter östlich, am Ort der Katastrophe, war dagegen gar nichts passiert. Zumindest fast nichts. An diesem schönsten aller Tage im Jahr, dem Tag der Arbeit, gab es in den umliegenden Städten Marschmusik und bunte Transparente, die dem Volk eine garantiert sorgenfreie Zukunft versprachen, es gab Luftballons und lachende Gesichter, friedlich weidende Kühe und wohlgenährte, vom Staat behütete Kinder. An den Straßenecken standen Weiblein vom Land und verkauften aus ihren selbstgeflochtenen Körben Flieder und Tulpen, auch erste, stecknadelkopfgroße Radieschen und junge Zwiebeln, überall eisschleckende Jugend, Picknicks im Grünen, blankgeputzte Straßen, Heiterkeit. Die Zeitungen platzten von Rekordziffern in der heimischen Landwirtschaft, Errungenschaften der heimischen Technik, Enthusiasmus an der heimischen Arbeitsfront, Friedensappellen, Völkerfreundschaft, Solidarität ... Es gab alles, nur eins nicht: Es gab keinen Wind.

Ach, hättest du, Nina, aufs Wetter gehört, aber wozu denn, wenn weit und breit, die ganze Woche schon, kein Wölkchen in Sicht? Hinaus ins Grüne, heißt an solchen Tagen die Devise, vor allem, wenn du Kinder hast und in den Birkenwäldern am Stadtrand ein Licht ist, wie, wie – nirgendwo sonst. Der Geschmack des jungen Sauerampfers auf der Zunge, in den nächsten Tagen wird es Suppe und Salat draus geben, Serjoscha mit seinen drei Jahren ist ein eifriger Helfer, hoffentlich kriegt er nicht gleich seine Allergie ...

Warum hast du nicht, Nina, freilich hast du gestutzt bei den Wettermeldungen, sie waren so kurz, zwei Tage schon nichts über einen Wind, wo man doch fast greifen konnte, was einem da an Luft und Duft um die Ohren wehte. Aber wer hört schon hin, wenn man den Kopf voll hat mit Überlegungen, wo man das Fleisch für die Feiertage herkriegt und die weißen Stutzen für Serjoscha für die Maifeier im Kindergarten und das Waschpulver und und und. Das Geld spielt keine Rolle, du hast eine gute

Position, aber die Zeit, vor allem, seit du allein bist mit dem Kind. Sascha ... Ein Schatten fällt durchs Weiß der Stämme, huscht kurz und dunkel ins Gebüsch: das Telefonat!

Ach was, er ruft öfters an, erkundigt sich nach eurem Befinden, vor allem nach seinem Sohn. Scheint noch immer zu glauben, daß ihr nachkommt ... Zwei Jahre ist es nun her, weiß Gott, wer ihm den Floh ins Ohr gesetzt hat, daß er mit seinen Fähigkeiten im Westen Karriere machen würde ... Nein, mich kriegst du nicht weg von hier, auch wenn ich mich um alles und jedes anstellen muß und vieles leichter wäre, wenn das Kind einen Vater hätte. Er will's nicht wahrhaben, daß mir die bunten Schaufenster und sein tolles Auto weniger bedeuten als – diese Sauerampferwiese hier ...

Er war so komisch gestern am Telefon!

Nina! Wie geht es euch?

Gut, Sascha, gut. Serjoscha hat bloß Mumps gehabt, er ...

Was ist passiert?! Warum bist du nicht weggefahren?

Was soll passiert sein? Wieso soll ich weggefahren sein? Jetzt fängst du schon wieder damit an, ich hab doch noch nicht einmal einen Ausreiseantrag ...

Das mein ich nicht. So versteh doch! Nimm das Kind und fahr weg – zu meinen Eltern meinetwegen.

Du spinnst wohl, du weißt doch, wie sie mich behandeln. Was soll das überhaupt?

Lies die Zeitung! Ich bitte dich, lies die Zeitung!

Wozu? Steht doch immer dasselbe drin.

Nina, ich bitte dich, es ist etwas ...

Sascha! Was denn? Sascha! Was ist los? Warum sagst du nichts? Hallo! ...

Die Leitung war tot. Achselzuckend legte Nina auf. Blätterte nachdenklich in der Zeitung: Aufrufe zum

Ersten Mai, vorfristige Planerfüllung, Frühlingsgedichte, ein Photo ordenbehängter Kriegsveteranen, Außenpolitik – das übliche, Sport, Wetter, eine kleine Panne in einem Atomkraftwerk in der Gegend, aber das war schon am Sechsundzwanzigsten, und heute ist doch schon der Dreißigste.

Serjoscha ist auf der Decke, die ihm Nina aufgebreitet hat, eingeschlafen. Nina dreht sich seufzend auf den Rücken und verliert ihren Blick im Abgrundblau des Himmels, in dem Schwärme birkengrüner Schmetterlinge ihr rauschendes Frühlingsfest feiern. Gibt sich hin den Liebkosungen des Windes. Läßt sich tragen vom Duft sprießender Erde. Und trinkt mit jeder Pore ihres Körpers dieses unvergleichliche, dieses unheimlich strahlende Licht.

Es ist später Nachmittag, als sie, mit dem Kind an der Hand und einem Beutel voll Sauerampfer, den Weg zur Bushaltestelle antritt. Müde und hungrig legen die beiden die letzten Meter auf der Autostraße zurück, ohne auf die entgegenkommende Lastwagenkolonne zu achten. Wozu auch? Sie werden noch früh genug erfahren, daß man soeben begonnen hat, die Bevölkerung aus einer Zone mit erhöhter Radioaktivität zu evakuieren, daß es sich dabei jedoch um eine reine Vorsichtsmaßnahme handle.

Wanja im Glück

Einmal, als sich Iwan noch barfuß und großohrig im Hafen seiner fernen Stadt herumtrieb und die Kinder »Schwachkopf Wanja« hinter ihm herriefen, da träumte er davon, reich zu werden und es ihnen allen zu zeigen. Von einem eigenen Boot träumte er und vielen Fischen, die man schwarz verkaufen konnte. Als er alt genug war, um einzusehen, daß es nur die ganz Gerissenen zu solchem Privateigentum brachten, ganz abgesehen davon, daß man sich mit einem eigenen Boot höchstens verdächtig machte, über das Meer in ein fremdes Land abhauen zu wollen, da träumte er davon, Seemann auf einem großen Schiff zu werden. So einer, ja, wie die, deren Blick in sturmgepeitschte Weiten gerichtet scheint, wenn sie breitbeinig, ihre emblemverzierten Mützen auf dem adrett geschorenen Kopf und eine Schar kichernder Mädchen im Schlepptau, durch die Stadt ziehen.

Und tatsächlich wurde er Matrose, wenn auch nicht so einer, wie er es sich vorgestellt hatte. Er kam auf ein Kriegsschiff, wo er seinen Armeedienst abzuleisten hatte, und dieses Kriegsschiff, in angeblich geheimer Mission unterwegs, war nichts anderes als ein schwimmendes Gefängnis. Monatelang lief es keinen Hafen an und fuhr die meiste Zeit im Kreis, weil der versoffene

Kapitän die widersprüchlichsten Kommandos gab. Die einzige Abwechslung war, wie sie einmal um ein Haar das Schwesterschiff, das sie für ein feindliches U-Boot hielten, versenkt hätten. Der Kapitän hatte das Kommando zur Eröffnung des Feuers gegeben, aber zum Glück trafen sie nicht. Seither traute sich der überhaupt nichts mehr und verlegte sich aufs Schikanieren der Mannschaft. Wenn Iwan also mit einer ausgefransten Schuhbürste das unendliche Deck schrubbte oder die armdicken Taue hin und her schleppte, ohne daß es was zu vertäuen gab, da träumte er von der Freiheit und seiner Walja, die versprochen hatte, auf ihn zu warten. Vier Jahre dauerte dieses Warten, dann durfte er abmustern und seine Walja heiraten. Sein Glück war jedoch von kurzer Dauer. Ach, wenn er nur gewußt hätte, wie es weitergehen solle! Immer schnappte ihm ein anderer die Arbeit vor der Nase weg, und Walja schimpfte und seufzte, seufzte und schimpfte.

Schließlich landete er doch wieder auf einem Schiff, wurde Heizer auf einer Fähre. Mit der pendelte er von nun an zwischen zwei Landzungen hin und her, bediente für einen Hungerlohn Hebel und Knöpfe im dröhnenden Maschinenraum, in dem ihn das Schwanken des Bodens manchmal daran erinnerte, daß ihn nur eine brüchige Stahlhaut von seinen fetten Fischen trennte. So träumte er also zwischen seinen stampfenden und zischenden Ungetümen, die alle Augenblicke den Geist aufgaben, den Traum vom Leben, vom richtigen Leben. Wo aber war das Leben?

So kommen wir nie auf einen grünen Zweig! Du mußt schauen, daß du ins Ausland kommst, beschwatzte ihn seine verhärmte Walja. Oder sonstwie zu hartem Geld. Alle machen sie's so. Probier's doch auf einem dieser Kapitalistenkreuzer! ...

Du heilige Einfalt! Bei der zuständigen Reederei lächelten sie herablassend, als Wanja mit seinem Antrag daherkam, und fragten ihn dann, wie es mit dem Kommunismus in Angola und den sozialistischen Errungenschaften in Kuba stehe und wie die Beschlüsse des letzten Parteitages im eigenen Land lauteten. Als Wanja zu stottern begann, wurden sie gar böse: So was will ins Ausland fahren? Sie reaktionäres Element! Wir wissen alles über Sie ...

Aber eines Tages ging Iwans Traum doch noch in Erfüllung. Er fuhr mit einem Lastkahn den großen Strom hinauf, der seine schmutzigen Fluten ins Meer ergoß, fuhr durch viele Ausländer, eines aufregender als das andere. Auch wenn sich Ufergebüsch, Brücken und Schleusen diesseits der Grenze in nichts vom Ufergebüsch, den Brücken und Schleusen jenseits der Grenze unterschieden. Iwan fühlte trotzdem, wie das Glück mit jedem Stromkilometer auf ihn zukam.

Dazu mußten freilich viele Jahre vergehen, und wäre ihm Walja nicht ständig in den Ohren gelegen, es wäre nichts daraus geworden. Ihm ging es dabei gar nicht so sehr um den Plunder, den sie sich wünschte, das fremde Geld, für das man auch was zu kaufen kriegte, ihm ging es darum, einmal mit eigenen Augen zu sehen, was an diesem sagenhaften Westen eigentlich dran war, von dem alle, die einmal dort gewesen waren, in den höchsten Tönen schwärmten und die Daheimgebliebenen krank vor Neid machten.

Nun aber, wo er das Glück beinahe zu greifen schien, sitzt ein fünfundvierzigjähriger Iwan in einer ausländischen Gefängniszelle und kennt sich nicht aus.

Er hat doch nur, ach, vergeblich versuchte er den Menschen, die ihn am Kragen gepackt haben, zu erklären, daß er doch nichts Böses im Sinn hatte, er wollte doch nur ...

Ein Schlüssel dreht sich knarrend im Schloß, ein Ausländer in Uniform, Milizionär oder so, steckt seinen Kopf zur Tür herein. Mitkommen! bedeutet er ihm und führt ihn durch einen langen, von nackten Glühbirnen erleuchteten Korridor in ein Zimmerchen, in dem es so hell ist und gemütlich wie in Iwans kühnsten Träumen nicht. Zwei Menschen warten hier schon auf ihn.

Ich bin Ihr Dolmetscher, sagt der eine, ein glatziger Wichtigtuer mit Brille, in makellosem Russisch. Wir werden jetzt Ihre Aussage protokollieren!

Seine Stimme trifft Iwan wie ein elektrischer Schlag. Den Ton kenne ich doch ... Der Gedanke ist augenblicklich wieder der Sorge gewichen, was nun werden soll.

Aber was hab ich denn? Ich versteh das alles nicht. Ich bin doch kein Dieb, so schauen Sie mich doch an, ich wollte doch nur ...

Du redest nur, wenn du gefragt wirst! herrscht ihn der Dolmetscher an, ohne seine Worte dem Beamten zu übersetzen. Erschrocken verstummt Iwan. Der Beamte, der ihm schon durch seine Körperfülle Respekt abnötigt, ist noch immer in die Papiere auf seinem Schreibtisch vertieft. So hängt Iwan stumm seinen trüben Gedanken nach.

Zu zweit haben sie auf dem Schleppschiff Dienst versehen, er und sein junger Kumpel. Wo der nicht schon überall gewesen ist! Weiß genau, was es wo in jedem Land zu kaufen gibt, wo die Elektrogeräte am günstigsten und die Tauschgeschäfte am lukrativsten sind. Und das letzte Mal hat er sich sogar ein Auto aus dem Ausland mitgebracht!

Ein Auto?! ... Iwan ist sprachlos. Ein richtiges Auto?

Na, freilich, die sind doch spottbillig dort. Wieviel Kaviar und Wodka hast du denn mit?

Iwan wird rot. Hat ihn der Kumpel also ertappt.

Du verrätst mich doch nicht?

Aber wo denkst du denn hin? Also, ich meine, du solltest …

Und während einen Tag um den anderen bewaldetes Hügelland an ihnen vorbeizog, während Stunde um Stunde hinging mit dem Warten, daß sich der Wasserspiegel in den Schleusenkammern der Kraftwerke hob, die den Strom in energieträchtige Portionen zerstückelten, während in der Ferne spitze Kirchtürme in den Himmel ragten und die Häuschen am Ufer immer hübscher, immer privater wurden, träumte Iwan von einem Auto, das er zu Hause um einen Batzen Geld verkaufen konnte. Bis an sein Lebensende würden sie ausgesorgt haben …

Alles hängt davon ab, wieviel Zeit wir in L. haben, hat der Kumpel gesagt. Ich kenn dort einen Autohändler, bei dem kosten die Autos ein Butterbrot! …

Die Stimme des Dolmetschers holt Wanja in die Gegenwart zurück. Bist du nicht von der Krim?

Ja, woher wissen Sie?

Ach, der Akzent, ich hab mir's gleich gedacht.

Und Sie? wagt Iwan mit klopfendem Herzen die Gegenfrage. Von wo sind Sie?

Das tut nichts zur Sache. Ich bin längst hier eingebürgert.

Träge hebt der dicke Beamte den Blick über das Schriftstück in seiner Hand, richtet monoton seine Fragen an den Missetäter, Fragen, die aus dem Mund des Dolmetschers wie Hagelschloßen auf Iwan herabprasseln.

Ihr Name? Geburtsdatum? Beruf? Familienstand?

Kinder? Alter? Name der Eltern? Der Frau? Beruf der Frau? Besitzen Sie ein Vermögen? Wieviel verdienen Sie? Wie lange sind Sie schon auf diesem Schiff? Wo waren Sie vorher? Haben Sie eine Landgangsgenehmigung? Sind Sie vorbestraft? ...

Iwan antwortet, so gut es geht, und ist erleichtert, als ein Anruf das Verhör unterbricht. Während der Beamte was ins Telefon schnauzt, wendet er sich an den Dolmetscher:

Aber sagen Sie, wozu muß er das alles wissen? Ich bin doch kein Verbrecher.

Das mußt du erst beweisen, sagt der Dolmetscher. Immerhin haben sie dich auf frischer Tat ertappt.

Auf welcher Tat denn? So sag ihnen, Kumpel, daß ich nichts dafür kann, du bist doch mein Landsmann, wie heißt du übrigens?

Ich heiße Anatolij, sagt der Dolmetscher gedehnt.

Wie bist du eigentlich im Westen gelandet? Hast du nicht Heimweh manchmal?

Heimweh? Lächerlich. Hier im Westen hat man keine Zeit für sowas. Das ist nicht so, wie ihr drüben euch das vorstellt. Da muß man erst einmal kräftig in die Hände spucken und zupacken. Schlau muß man sein, vor allem, schlau ...

Hast du ein Auto?

Eines? Drei! ...

So ist das also bei denen, denkt Iwan, läßt den Blick durch den Raum schweifen. Auf dem Schreibtisch des Beamten eine angefangene Flasche Bier, an der Wand einige gerahmte Photos, die Frau des Beamten wahrscheinlich, seine Kinder wahrscheinlich, an der Wand ein Kalender mit, nein, nicht hinschauen, Iwan, doch, die Abbildung einer nackten Frau. Das ist sie also, die ausländische Hure, so aufregend ist bei uns keine Frau, meine Walja schon gar nicht, tut nur die Beine auseinander und sonst nichts, mein Gott, was die wohl kostet, ach, Iwan, mach dich nicht lächerlich, wer bist du denn schon, ein kleiner Matrose, und jetzt auch noch ein Ganove, ja, auch das noch ... Krampfhaft bemüht er sich, den Blick abzuwenden: am Fenster ein Pokal mit einer eingravierten Inschrift, und nirgends was schadhaft oder schmutzig. Ein schönes Zimmer, so schön sind bei uns daheim nur die Hotels, die sie für die Ausländer bauen ...

Der Beamte legt auf, gähnend setzt er das Verhör fort. Also, wie war das?

Haben Sie gehört, erinnert ihn der Dolmetscher, er hat keine Landgangsgenehmigung!

Ist schon gut, jetzt reden wir einmal vom Tathergang.

Ja, ich hab doch nur, ich wollte doch nur, ich hab geglaubt ...

Wieder fährt der Dolmetscher dazwischen: Also red endlich, oder ...

Ja, so haben die vom KGB damals auch geschnauzt, wenn sie was aus uns herauskriegen wollten, fährt es Iwan durch den Sinn.

Ja, das war so, setzt er laut fort. Wir hatten Erz geladen, der ganze Kahn voll Erz, und das dauert natürlich, bis so eine Ladung gelöscht ist. Ja, und dann sollten wir auf einen Schlepper warten, der uns mit zurück nach Hause nimmt. Niemand konnte sagen, wie lange wir noch da liegen würden, einen Tag, zwei, drei. Da sagte mir der Kumpel, na, was ist, willst du ein Auto mit nach Hause bringen? Ich kenn mich da in L. aus, ich weiß, wo man den Kaviar und den Wodka am günstigsten verscherbelt ... Ich denk an meine Frau, was die wohl für Augen machen wird, wenn ich ihr ein Auto mitbringe, jammert ja immer, weil wir nichts sind und nichts haben, eine Wohnung, so groß wie dieses Zimmer, und ein Moped, was heißt Moped, ein Fahrrad, an das mein Sohn einen alten Außenbordmotor drangebaut hat ... Naja, und das mit dem Landgang ist auch kein Problem, sagt der Kumpel, ich weiß, wie das geht, du brauchst mir nur tausend Schilling geben, davon kriegt die Hafenbehörde die Hälfte ...

Du hast dir tatsächlich ein Auto gekauft? wundert sich der Beamte.

Ja, sonst hätt ich doch die Batterie nicht gebraucht, was?

Ein Auto? fährt der Dolmetscher schon wieder mit einer privaten Frage dazwischen. Iwan hat plötzlich das Gefühl, als ströme eisige Zugluft durch den Raum. Wieviel hat das denn gekostet?

Äh, ja, das war ganz billig, zweitausend Schilling!

Der Beamte sagt was, aber der Dolmetscher führt das Verhör offensichtlich allein weiter.

Zweitausend? Na, das Auto möchte ich sehen. Und woher hast du das Geld?

Naja ... drückt Iwan herum. Das machen doch alle ...

Der Beamte, der nicht Russisch versteht, unterbricht: Gut, und weiter?

Und dann haben sie uns abgeschleppt.

Was, das Schiff?

Nein, das Auto. Das ging ja nicht.

Das ging nicht ... Wie hast du dann den Schrott aufs Schiff gebracht?

Mit dem Hafenkran natürlich, wie denn sonst? Das hat alles der Kumpel organisiert.

Der Beamte greift sich gequält an den Kopf, wendet sich an den Dolmetscher: Mit solchen Sachen muß man sich abgeben heutzutage. Seit sie die Grenzen aufgemacht haben, kommen wir nicht mehr nach mit diesen lächerlichen Sachen, Ladendiebstähle, Betrügereien undsoweiter. Und alles Ausländer, die nicht kapieren, daß man sich bei uns nicht einfach nehmen kann, was scheinbar niemandem gehört. Es schaut sowieso nie was dabei heraus, die Ermittlungen kosten ein Heidengeld, und dann muß man die Leute erst laufen lassen!

Und der illegale Landgang? Und der Schwarzhandel mit Wodka und Kaviar? erinnert ihn der Dolmetscher.

Ach, wo kämen wir denn hin, wenn wir alle ...

Das ist es ja, sagt der Dolmetscher, das nützen diese Leute schamlos aus! Was glauben Sie, was das erst werden wird, wenn die dort drüben (er zeigt mit dem Daumen auf den neben ihm sitzenden Iwan) reisen dürfen, wie sie wollen! Also, wenn wir nicht rechtzeitig unsere Grenzen dichtmachen! ...

Der Beamte seufzt, wirft einen bekümmerten Blick auf das Photo seiner Frau und sagt resignierend:

Wenn Sie mich fragen, dann ist der Schrotthändler das eigentliche Schlitzohr, das bestraft gehört. Aber wo kämen wir denn hin, wenn wir dem seine Gaunereien auch noch unter die Lupe nähmen. Solange keine Anzeige vorliegt ... Aber was machst du mit einem kaputten Auto zu Haus? fragt er schließlich. Ihr habt doch sowieso keine Ersatzteile!

Eben, sonst wär ich doch nicht zurückgekommen ... Gestern hab ich also das Auto gekauft. Naja, und heute ist mir eingefallen, dort, bei dem Autohändler ist soviel Zeug herumgelegen, kaputte Autos und Teile und so. Und bevor das herumliegt, denk ich mir, hol ich mir's für mein Auto, denk ich mir. Ich borg mir also das Fahrrad aus ...

Das war nicht geborgt, das war gestohlen! kommt es, wie aus der Pistole geschossen, vom Dolmetscher. Endlich scheint sich das Verhör auszuzahlen.

Das ist eine Lüge! Das hat meinem Landsmann gehört, dem von unserer Schiffahrtsbehörde, fragen Sie ihn! ...

Wie hieß denn der? fragt der Beamte sachlich.

Schtschekotschichin.

Wie. Tsche ...

Schtschekotschichin.

Sche ...

Schtsche ...

Also, buchstabieren Sie ... Ach, egal. Also nicht gestohlen. Und weiter?

Ich bin hin. Und hab mir halt genommen, was da so herumgelegen ist.

Bei uns nennt man das Stehlen! Du hast doch einen Sack mitgehabt und bist vorsätzlich in das Gelände des Autohändlers eingedrungen, um dort Autos aufzubrechen. So war das!

Ich bin kein Dieb! Und das war kein Sack, sondern eine Tasche, weil ich doch was gebraucht hab, um die Sachen wo hineinzutun. Noch nie in meinem Leben hab ich fremdes Eigentum angerührt. Ich schwöre bei Gott und allen Heiligen, an die ich nie aufgehört habe zu glauben, auch damals nicht, wie sie uns noch gedroht haben, wenn wir in die Kirche gehen, wenn wir die Bibel lesen, wenn wir unsere Kinder taufen lassen ...

Schon gut, schon gut, winkt der Beamte gelangweilt ab.

Das war ja ein Schrottplatz, setzt Iwan fort. Lauter halbe Autos, und kein Zaun, nichts! Wer denkt denn ... Wie soll man außerdem ein Auto knacken, wenn sowieso keine Tür dran ist, keine Kühlerhaube, keine Windschutzscheibe, und die Sitzbezüge, die ich herausgeholt hab, waren auch ganz zerrissen!

Immerhin fünf Stück!

Vier! Die waren außerdem verschimmelt.

Vier, meinetwegen, weiters zwei Scheinwerfer, eine Glühlampe, ein paar Zierleisten, ein Markenzeichen »Ford Taunus« und eine Batterie mit einem Gesamtwert von fünftausend Schilling, laut Aussage des Autohändlers!

Ja, sagt der. Aber so überlegen Sie doch, wie kann so ein Zeug fünftausend kosten, wenn ich ein ganzes Auto für zweitausend kriege!

Ein Auto, das nicht fährt!

Einen halben Kilometer ist es immerhin noch gefahren ...

Auf jeden Fall bist du auf frischer Tat ertappt worden, und ...

Als ob dieses Zeug noch was getaugt hätte! Die Batterie war ganz trocken, ist auf der Erde herumgekugelt, sogar Gras ist drauf gewachsen! ...

Gras ..., sagt der Beamte, sein leerer Blick streift kurz die nackte Frau an der Wand. Und wieso hast du dir das Zeug dann genommen, wenn es unbrauchbar war? fragt er dann.

Ach, sowas versteht ihr hier nicht, sagt Iwan, der seinem Blick zu der nackten Frau gefolgt ist. Es ist so, daß ... Er beginnt auf einmal zu stottern und bricht ab.

Jaja, sagt der Beamte zum Dolmetscher, immer dieselbe Geschichte. Der da ist wenigstens friedlich. Vorige Woche hab ich eine Ukrainerin dagehabt, die hat Schnuller und Haarspangen wo mitgehen lassen, die hat bei der Festnahme so gebrüllt, daß wir sie in die Psychiatrie bringen haben müssen. Dabei ist die offizieller Gast aus unserer Partnerstadt gewesen und sollte am gleichen Tag vom Bürgermeister empfangen werden. Der haben wir halt Beruhigungspulver geben lassen, uns entschuldigt und sie direkt mit dem Arrestantenwagen zum Rathaus gebracht. Was sollen wir denn machen, wenn die Geschäftsleute auf einer Festnahme bestehen ... Naja, dann machen wir uns halt ans Protokoll. Und sagen Sie unserem Freund, daß ich ihn erst morgen entlassen kann, heute ist niemand mehr da, der den Fall abschließt ...

Iwan versteht die Welt nicht mehr. Da sitzt er nun in einem dreckigen Käfig, in dem es kaum gemütlicher ist als im Karzer seines schaukelnden Bunkers: die Matratze verschissen, Blut an den Wänden, ein Kübel in der Ecke, bloß das Fenster ist nicht rund, sondern eckig, und davor ist nicht das blaue Meer, sondern steigen beißende Industriedämpfe auf. Da sitzt er also und überlegt, was er falsch gemacht hat. Sie werden dich einsperren, hat der Dolmetscher zu ihm gesagt, und wie er ihn gefragt hat, für wie lange denn, da hat der Dolmetscher nur die Achseln gezuckt und gesagt, das sei nicht das Schlimmste. Das Schlimmste sei, daß er jetzt möglicherweise sein Schiff versäume und zu Hause nur Scherereien haben würde. Na, in deiner Haut möchte ich nicht stecken.

Aber die Zeiten sind doch vorbei, überhaupt jetzt ...

Nichts ist vorbei, das kommt alles wieder ...

Seine Worte gehen Iwan nicht aus dem Sinn.

Ja, diese Anatolijs sterben nicht aus, und sie holen dich sogar noch im Ausland ein, und das in einer Zeit, in der angeblich alles anders ist. Natürlich ist er's, Tolja, dieser Spitzel vom Dienst, dieses Schwein, das dich damals bei der Marine nur ausgehorcht hat, um dich zu verpfeifen und, ja, mein Gott, jetzt kommt's mir erst, wie war das doch? Du hast ihm doch erzählt, daß du vom Ausland träumst, überhaupt hast du ihm alles erzählt, von deiner Walja, wie sie heimlich in die Kirche rennt, und was, wenn man's genau nimmt, für einen Mist die Partei gebaut hat, na, hat er sich nicht selbst beklagt über die Zustände, trotzdem, Wanja, hat er gesagt, dürfen wir nicht vergessen, was wir alles dem Staat verdanken ... Ja, das hat Wanja auch gedacht, es könnte alles viel schlimmer sein, und schließlich sind wir zur Weltmacht geworden, vor der sie alle zittern, und mein Sohn darf in die Schule gehen, und das Loch, in dem wir hausen, ist immer noch besser als gar nichts, und wenn wir krank werden, dann kostet uns das keinen Groschen. Trotzdem ... Ach, was redet man nicht alles, wenn alle sowieso in derselben Scheiße sitzen?

Darum hat es also mit keiner Stelle bei Wanja geklappt, darum haben sie damals alles über ihn gewußt, ihn Reaktionär genannt, weil ihn der Tolja denunziert hat ... Hat er ihn wiedererkannt? Wanja hat nie wieder von ihm gehört, es hieß, er sei Politruk auf einem Überseedampfer geworden, ein Offizier also, der dafür zu sorgen hatte, daß die politische Gesinnung der Besatzung den Vorschriften entsprach. Und während eines Landganges sei er von Häschern des amerikanischen Geheimdienstes entführt worden. Aber man ist ja nicht blöd, es ist damals gemunkelt worden, daß er sich freiwillig abgesetzt habe ... Und jetzt wird er hingehen und die sowjetische Botschaft informieren, dann ist es nicht nur mit den Auslandsreisen vorbei, sondern sie werden ihn zu Haus nochmals einlochen. Devisenschmuggel, unerlaubter Landgang, Kontakt mit ausländischen Sicherheitsorganen ...

Na, in deiner Haut möcht ich nicht stecken ...

Den Kopf in den Händen vergraben, so sitzt er auf der Pritsche, wie lange schon? Gibt es irgendwo noch Gerechtigkeit? Irgendwo ein Land, in dem die Menschen noch Menschen sind, eine Ordnung, die man begreift? Was hab ich denn getan, daß sie mich so bestrafen? Und was wird aus meinem Auto, zweitausend Schilling, die jetzt den Fluß hinunterschwimmen, der Kumpel wird sich freuen, er hat mich in die Sache hineingeritten, ach, wenn's nur das Auto wär, was wird meine Walja dazu sagen, wenn sie ihr erzählen, sie haben mich im Ausland als Spion verhaftet? Was wird werden aus ihr, dem Kind, aus mir? ...

Iwan hebt sein tränennasses Gesicht zum vergitterten Fenster hinauf, hinter dem ein blaßvioletter Schein den Abend ankündigt. Walja, meine dicke Walja, betrogen hab ich dich auch noch, ja, mit dieser Hure dort, immer wieder hab ich sie anschauen müssen, hab ich mir vorgestellt, o Gott, sündig bin ich und dumm, daß ich auf sowas hereinfall, Walja, vergib mir, o Walja! ...

Stunde um Stunde geht also hin, längst fällt durch das Fensterchen das Licht einer Straßenlaterne, malt ein langgezogenes schräges Viereck auf den Schattenteppich zu Iwans Füßen. Einen leuchtenden Fleck, und je länger Iwan draufstarrt ... Ja, mein goldenes Schiffchen im Nachtmeer der Kindheit, und die Stimme ist weich wie die Haut deiner ersten Frau: Steig ein, wir fahren ins Glück! Das läßt sich Wanja nicht zweimal sagen, und sie schaukeln den Strom hinunter, vorbei an blühendem Grün, winkende Menschen, Weingärten, Felder, Felsentore, glucksende Strudel, stilles Ausufern in wogendem Schilf ... Da! Möwengekreisch! Wie ein Riß geht es durch das schwarze Tuch der Nacht, feurige Zungen lecken den Rest vom Himmel. Rätselhaft bleibt die Küste zurück, rätselhaft die Erwartung, irgendwo die Versprechung von Heimat. Spiegelglatt das Wasser, spiegelglatt und morgenstill. Wie ein Seufzen drüber weghuscht, noch eins ... sanft wölbt sich auf einmal das Meer und Leiber steigen auf, Delphinleiber: Wellenspiel ohne Wind, Tanz ohne Musik, kaum hörbares Schnauben im Anbruch des Lichts ... Komm, sagt die Stimme, so süß, wie Waljas vergessenes Lächeln. Es tut nicht weh. Spring, Lieber, ich fang dich auf ...

Die Sonne steht hoch, schlägt hart durch die blitzenden Fensterscheiben der Amtsstuben in L. Ein schwergewichtiger Beamter erinnert sich an seinen gestrigen Fall, ach ja, der Matrose, der muß doch aufs Schiff, das fehlte noch, daß er es versäumte. Bedächtig wählt er die Nummer des Gefängniswärters. Der meldet sich nicht. Da macht er sich selbst auf den Weg, um den Häftling freizulassen. Als er draußen auf dem Korridor um die Ecke biegt, prallt er mit dem Wärter zusammen. Der meldet ihm atemlos, daß sich der Insasse von Zelle Nummer zwei mit seinem Leintuch am Fenstergitter ...

Nichts als Scherereien mit denen! zischt der Beamte durch die Zähne. Seufzend schlurft er in sein Büro zurück.

Kalinka

Jetzt, wo der Schnee drüber ist. Wachsweiß die Birken blühen, watteweiß das Dach unter dem milchweißen Himmel hockt. Nur der dunkle Fleck der Holzfassade.

Alles, was blieb, ist das Bild: rahmenlos, figurenlos. Und Grün in Grün, das Braun des schmucken Häuschens ausgenommen. Die Konturen unscharf, die Birken buschige Wedel, die Wiese vom Bildrand abgeschnitten.

Eine leere Bühne, du der Regisseur. Nein, die Malerin.

Die Malerin? Die ist doch ... Ja, wenn es stimmt, was sie erzählt hat. Und immer noch dieses Rätsel, wer, und warum vor allem. Nur Vermutungen, aber kein Beweis. Und wie du das Bild auch herumdrehst, umdrehst, mal von nah, mal von ferne betrachtest – kein Hinweis. Und dort, wo es passiert sein soll, hinter dem Haus nämlich, da schaut dich stumm und billigbraun die nackte Rückseite des Malkartons an.

Bei jeder Betrachtung, wie oft schon, die Figuren ins Bild geholt. Nacheinander oder alle zugleich. Einzeln, in Gruppen. Stehend, gehend, handelnd. Dazwischen Statisten – die Pferde des Richters, Vollblut, natürlich, und alle tragen sie russische Namen.

Damit wären wir auch schon beim Thema.

Der Russentick des Richters. Seit dem Krieg hat er diese Schwäche für Land und Leute, auch wenn nicht recht aus ihm herauszukriegen ist, was an seiner russischen Gefangenschaft so umwerfend war. Auf jeden Fall ist nicht nur sein Haus ein sehenswertes Folkloremuseum, vollgestopft mit russischen Souvenirs, russischen Bildern, russischen Stickereien, mit Balalaikas, Matrjoschkas und Ikonen, der Richter sieht sich ja auch selbst am liebsten in der Rolle des wilden Kosaken, wenn nicht gar des geheimnisumwitterten Skythen, sprengt im buntbestickten Hemd, die verwegene Fellmütze tief in der Stirn, auf seinem Rappen einher, um die Gäste stilecht zu begrüßen, singt ihnen mit erstaunlich wenig Akzent russische Volkslieder vor, zu denen er sich selbst auf der Balalaika begleitet, und benützt jede Gelegenheit, seine Sprachkenntnisse aufzufrischen. Der Richter mit der russischen Seele, nennen sie ihn in unserer Stadt, in der er sogar Abende mit russischer Musik oder Begegnungen mit Russen veranstaltet, wofür er einmal auch einen internationalen Freundschaftsorden bekommen hat; bekannter jedoch ist er durch jenen Prozeß geworden, in dessen Verlauf er mit der Frau des Angeklagten ein Verhältnis begann.

Es war Liebe auf den ersten Blick und hat mit der Verurteilung meines Mannes nicht das geringste zu tun. Albin hat nur die Untersuchungen geleitet, verurteilt hat ihn ja ein anderer, erklärt diese bereitwillig irritierten Besuchern, die mit den komplizierten Verhältnissen noch nicht so vertraut sind. Das Interesse an allem Russischen hat uns zusammengeführt. Er wollte ja bloß Sprachunterricht bei mir nehmen ...

Von der ehemaligen Botschaftssekretärin in Moskau, die dem Richter dank ihrer guten Verbindungen all diese kulturellen Aktivitäten einfädelt, und Gattin eines in die Schlagzeilen der überregionalen Presse geratenen Arztes behaupten allerdings böse Zungen, daß sie des Richters

Faible nur benütze, um den zwischen ihr und seiner Familie Hinundhergerissenen noch fester an sich zu binden, jetzt, wo sie doch allein mit ihren zwei Kindern dastehe. Aber was behaupten böse Zungen nicht alles, vor allem in einer so überschaubaren Stadt wie der unseren, und im Grunde haben diese Details auch nichts mit meiner Geschichte zu tun. Oder doch? Nun, wenn es um ihr unrühmliches Ende geht, dann schon. Aber was ich eigentlich sagen wollte, ist dies:

Ein malerischer Landsitz irgendwo im deutschsprachigen Europa, Freunde aus Ost und West. Nahtlos geht sonores Slawisch in alpenländisch verwaschenes Germanisch über, werden Jahrzehnte übersprungen, verschlungene Lebenswege mit wenigen Sätzen auf den Punkt gebracht, Beziehungen aufgenommen, Probleme angerissen, Banalitäten vom Stapel gelassen, gemeinsame Bekannte durch den Kakao gezogen, wird politisiert und philosophiert, geseufzt, gelacht und ganz einfach bedeutungsvoll geschwiegen.

Fast jeder ist mit jedem in irgendeiner Weise bekannt, nur der Gastgeber steht mit seinen Pferden ein wenig daneben. Aber seine Herzensdame hat ihn in die Zusammenhänge und Querverbindungen eingeweiht, denn es sind ja eigentlich ihre Freunde, die heute hier zusammengefunden haben, und im Prinzip ist es ihm egal, wer da seine Wiese zertrampelt und seine edlen Rosse nervös macht, Hauptsache, es wird dabei russisch gesprochen.

Auf jeden Fall wird es auf meinem grünen Bild plötzlich bunt: Da huscht eine junge Dame in ihrem orangefarbenen Rüschenkleidchen zu den Ställen hinüber, ruht ihre Mutter dottergelb und hitzematt im Liegestuhl unter dem Nußbaum. Ein Mann lehnt im rostfarbenen Sommeranzug sinnend in der Tür, zwei Gestalten schlendern, geblumt die eine, gestreift die andere, plaudernd den Weg entlang. Veilchenblau das Badekleid der Dame am Waldrand, herbstlich kariert die Hose ihres schlaksigen Begleiters. Wie kleine Sonnen leuchten die Tupfen auf der Bluse der Frau im Rollstuhl, konservativ gedämpft macht sich das Khakihemd ihres Mannes daneben aus, keck das Himmelblau des nicht viel jüngeren Gastgebers, noch kecker das giftgrüne Fähnchen der Gastgeberin – ein Nichts über schneeweißen Shorts, das ihren üppigen Körper mehr entblößt als bedeckt.

Hast du sie alle? Fehlt da nicht wer? Die Frau des Gastgebers, natürlich, aber die zählt heute nicht, die räumt ihrer Nebenbuhlerin ja immer freiwillig das Feld, wenn diese die Szene betritt, vor allem aber, wenn eine russische Gesellschaft angesagt ist. Was heute zählt, ist, wie gesagt, das Treffen von Freunden, ein Wiedersehen über Grenzen und Jahre hinweg.

Trotzdem fehlt da noch wer. Der Student, Sohn des wandelnden Veilchens, etwa? Der wollte doch mitkommen, hat es sich im letzten Moment aber anders überlegt, mein Gott, warum bloß, wäre er dabeigewesen, wer weiß, vielleicht wäre Nadja …

Nadja, natürlich, sie fehlt! Kein Wunder, daß sie dir nicht gleich eingefallen ist, sie hielt sich ja meistens außerhalb der Bildfläche auf: mit Staffelei, Palette und Pinsel …

Nadja, ihr verdankst du also das Bild, das heute in Dimas Zimmer hängt, und sie – schau genau hin, schau genau hin: tatsächlich, die jugendliche Ausgabe der Gastgeberin! Auch sie im grünen Leibchen zur weißen, wenn auch knielangen Hose, auch sie blond, naturblond allerdings. Warum nur hat sie niemand gemalt? Nadja, die Kunststudentin, selbst ein Motiv für einen Maler. Wie sie, Perspektiven und Farben abschätzend, die Augen zusammenkneift, immer wieder von der Staffelei zurücktritt. Wie sie, müde vom langen Stehen, ins Gras sinkt: Versonnen kaut sie mit leerem Blick am Pinselstiel, während sich der lässig aufgesteckte Haarknoten aufzulösen beginnt. Bist du verliebt, Nadja? Oder denkst du daran, was du deinen Freundinnen in Moskau erzählen wirst? Daran vielleicht auch, daß in ein paar Tagen ein Traum ausgeträumt und das alles hier nicht mehr sein wird als ein inneres Bild, ein gelesenes Buch, ein abgerissener Film? Oder beobachtest du bloß das Treiben der bunten Gesellschaft, der einzelnen Personen, ihre unvorhersagbaren Konstellationen, ihre Auftritte und Abgänge, kommst du dir vor wie in einem Freilufttheater?

Was immer Nadja damals dachte, wir können es nur vermuten. Fest steht, daß ich heute aus einem ganz bestimmten Grund noch einmal nachzuvollziehen versuche, was damals gesprochen wurde, was damals geschah. Jetzt, wo der Schnee drüber ist ...

Ort der Handlung also – Nadjas Bild. Zeit – eine, die heute, wenige Monate später, schon wieder Geschichte ist. Personen – so nach und nach sind sie mit verschiedenen Autos eingetroffen. Tränen der Freude, stürmische Umarmungen, schmatzende Küsse, Ausrufe der Überraschung: Du! Nein sowas! Wer hätte je gedacht, daß wir uns einmal wiedersehen würden! Was für Zeiten! ...

Breitbeinig, ein unsichtbares Pferd zwischen den Schenkeln, begrüßt der Hausherr seine Gäste: Freut mich, ach ja, weiß schon, Gerda hat mich aufgeklärt ...

Unter knallroten Sonnenschirmen werden Wodkagläser gefüllt und augenblicklich geleert, saure Gurken herumgereicht, die schusselige Gastgeberin weiß nicht, was sie zuerst soll – nachschenken oder ihren über die Schulter gerutschten Spaghettiträger hinaufziehen. Über des Richters Glatze rollen große wäßrige Perlen, platschen in sein Glas, ohne daß er es merkt, so beschäftigt ist er mit dem Verstehen der geliebten russischen Sprache. Alle reden gleichzeitig, ohne eine Antwort abzuwarten, reden von der neuen Zeit, die angebrochen ist, der Reisefreiheit und schon vom nächsten Besuch, wer noch irrtümlicherweise per Sie ist, trinkt lärmend Bruderschaft, wer genug hat, geht das Anwesen inspizieren oder lagert im Schatten eines Baumes.

Wer sagt, ich bin ein Russe? Sergej ist mit krebsrotem Gesicht aufgesprungen, scheint es nicht bemerkt zu haben, daß er schon längst in der prallen Sonne sitzt. Ein Weltbürger bin ich, und Emigrant schon überhaupt nicht, schon lange nicht mehr! Und der da neben mir ist auch keiner. Der ist mein Freund, verstanden! Na, Sascha, wie gefällt's dir denn bei uns?

Der Angesprochene, seit einigen Wochen mit seiner Tochter Nadja erstmals im Westen, rückt das scheußliche Golfkäppchen zurecht, das ihm wer aufgesetzt hat, und richtet seinen flackernden Blick ins Leere: Red nicht so blöd! Bei euch gibt's Sachen, die gibt's einfach nicht ...

Die Frau im Rollstuhl, unverkennbar Gerdas Mutter, auch sie hat schon einen leichten Schwips, besteht darauf, jedes Wort übersetzt zu bekommen.

Was gibt's bei uns nicht? fragt sie neugierig.

Sascha holt mit dem Arm weit aus, als wolle er Himmel und Erde umfassen, reißt dabei den Sonnenschirm um: Das alles ... Und unsere Scheiße zu Haus! Schreib das auf, Oletschka, schreib das auf!

Die Angesprochene, das junge Mädchen im Rüschenkleid, läßt erschrocken ihren Notizblock sinken, in den sie eben etwas kritzelte, kichert verlegen. Fremd sitzt die große Brille in ihrem hübschen Gesicht. Wie Nadja ist sie zum ersten Mal im Westen, hält ihre Eindrücke jedoch nicht in Farben, sondern in Worten fest.

Bei uns ist auch nicht alles Gold, was glänzt, wirft Gerdas Vater ein. Probleme über Probleme: die Luft, der Verkehr, die vielen Flüchtlinge ...

Keine Angst, fährt der Schlaksige mit der dunkel karierten Hose, wir wollen ihn Ahasver nennen, in gebrochenem Englisch dazwischen, ich hab eine Einladung nach Amerika, ich bleib euch schon nicht auf der Tasche liegen!

Amerika – das Stichwort für Natascha, Sergejs Frau: Ja, wir hätten damals auch gleich hinüber sollen. Vielleicht hätte es dort eher mit einer anständigen Arbeit geklappt. Aber ich wollte damals nicht ...

Man kennt ihre Geschichte: Vor gut zehn Jahren ist sie mit ihrem Mann Sergej und Dima, ihrem Sohn, hergekommen, aber noch immer ist der Moskauer Chirurg aushilfsweiser Krankenpfleger. Selber schuld, sagen die, die ihn kennen. Hat geglaubt, er kommt her und setzt sich ins gemachte Nest. Und wie's nicht sofort geklappt hat, da war er beleidigt und hat sich mit Alkohol getröstet. Naja, aber wer will schon einen Säufer als Arzt haben?

Wieherndes Gelächter am anderen Ende des Tisches, dort gibt der Richter mittlerweile obszöne Anekdoten zum besten.

Natascha nimmt ihr Glas und geht zu Gerda und Vera hinüber, die erschöpft unter dem Nußbaum lagern. Mehr als ein Vierteljahrhundert haben diese beiden Kontakt gehalten, und das trotz Zensur, ideologischen Gegensätzen und Eisernem Vorhang.

Die Verlagslektorin Vera ist dennoch kein Neuling im Westen: einige Dienstreisen, die sie ihrem Ruf als zuverlässiges Parteimitglied und einer lupenreinen Herkunft (Vater Proletarier, Mutter hochdekorierte Partisanin) verdankte. In die Strenge ihrer südlichen Gesichtszüge hat sich längst ein Schatten der Resignation geschlichen. Durch den immer noch jugendlich geschwungenen Wimpernsaum richtet sie jetzt ihren Blick auf die Sonnenwiese hinaus. Schön habt ihr es hier! seufzt sie.

Ja, seufzt auch Gerda. Aber du kannst dir nicht vorstellen, was ich mit Albins Familie mitmache! Seine Frau gibt nicht auf. Die Scherereien nehmen kein Ende ...

Immerhin ist sie noch seine Frau, wendet Vera ein. Und was sagen deine Kinder dazu?

Wozu? Ach, die ... Aber deine Oletschka, eine richtige junge Dame! Hat sie sich schon in unseren Geschäften umgesehen? Ein hübsches Kostüm übrigens, das du anhast. Dieses Gelb ist ganz modern jetzt. Niemand würde denken, von wo ihr kommt!

Naja, ich darf es gar nicht laut sagen, es ist eigentlich eine Verlegenheitslösung. Ich dachte, ich kann doch nicht so schäbig im Westen aufkreuzen, ein uraltes Kleid, das mir Olja noch schnell geändert hat. Du siehst doch, wie ich zugenommen hab!

Ich weiß, wo diese Sachen am günstigsten sind, sagt Gerda. Morgen gehen wir einkaufen ... Wieviel Geld haben sie dir denn gewechselt?

Das ist ja das Problem, sagt Vera. Ich hätte mich wochenlang anstellen müssen. Du kannst dir nicht vorstellen, was sich vor den Bankschaltern jetzt abspielt. Die Leute übernachten auf der Straße, um ihren Platz in der Schlange nicht zu verlieren. Alle wollen sie auf einmal weg! ...

Entschuldige, unterbricht sie Gerda. Ich muß Albin beim Satteln helfen ...

Vera und Natascha bleiben allein zurück. Es dauert eine Weile, ehe die einstigen Moskauer Nachbarinnen ins Gespräch kommen. In den letzten Monaten vor Nataschas und Sergejs Auswanderung sind sie einander bewußt aus dem Weg gegangen. Vera hat seinerzeit Gift und Galle gespuckt, als sie von deren Plänen erfuhr, ein Patriot verlasse seine Heimat nicht, ein Russe schon gar nicht, aber ihr seid eben keine Patrioten, glaubt, im Westen fliegen euch die gebratenen Tauben in den Mund! Die Schwierigkeiten, vor denen ihr davonlauft, die sind doch bloß Kinderkrankheiten unseres fortschrittlichen Systems! Allein die Position, die dein Mann hat. Sowas kriegt er drüben nie! ...

Trotzdem hat sie ihnen die Adresse ihrer ausländischen Freundin Gerda mitgegeben, deren Mann, wie sie wußte, Mediziner war und Sergej mit seinen Beziehungen weiterhelfen konnte. Daß der einmal im Gefängnis landen und die Bekanntschaft mit ihm nur von Nachteil sein würde, konnte sie natürlich nicht ahnen.

So sieht man sich also wieder ... sagt Vera leise und ohne eine Spur des Vorwurfs. Gerda hat mir alles erzählt.

Also, bereut haben wir es nie, daß wir gegangen sind. Obwohl ... Nach anfänglichem Stocken kommt Nataschas Rede doch noch in Fluß: Sergej kann es bis heute nicht verwinden, daß sie nicht einmal seine wissenschaftliche Leistung anerkannt haben. Unter den schwierigsten Bedingungen hat er sich nebenbei mit einem Thema beschäftigt, das damals bei uns tabu war, immer gehofft, daß es ihm einmal im Westen Lorbeeren einbringen würde, und hier stellt sich heraus, daß all seine Erkenntnisse längst ein alter Hut sind – fünfhundert Seiten, zehn Jahre Arbeit umsonst ...

Und was ist mit dir? Ich habe gehört, du gibst Klavierstunden?

Natascha wechselt auf einmal das Thema: Was sagst du eigentlich zu Paul? Hat er sich in deinen Augen sehr verändert?

Gemeint ist die hagere Gestalt des einstigen Journalisten, der, die Hände auf dem Rücken verschränkt und den Blick sinnend zu Boden gerichtet, den Waldrand abschreitet, als halte er dort nach Pilzen Ausschau.

Eine leichte Röte überzieht Veras runde Wangen. Er nicht, aber ich glaube, ich bin ihm zu dick geworden. Er schaut mich kaum an. Dabei gäbe es einiges zu klären ...

Auch die unglückselige Romanze der beiden ist ein Vierteljahrhundert alt. Paul war, zusammen mit seiner Kollegin Gerda, vor vielen Jahren zu einem mehrmonatigen Sprachkurs nach Moskau gekommen. Vera, Gerdas damalige Mitbewohnerin im Studentenheim, verliebte sich in den linkischen Ausländer. Der jedoch wollte von ihr nichts wissen, vielleicht bloß unter dem Eindruck der typischen Gerüchte jener Zeit, die besagten, daß eine glühende Komsomolzin, die unbekümmert Umgang mit Ausländern pflegt, ein Spitzel sein mußte. Jahre später kehrte er als Auslandskorrespondent einer westlichen Zeitung nach Moskau zurück und traf sich hin und wieder heimlich mit Vera, um ihr Post von Gerda zuzustecken. War es ihr Schicksal, das ihn rührte, oder entdeckte er unter ihren schönen Wimpern plötzlich etwas, das er früher übersehen hatte? Er entflammte jedenfalls für die mittlerweile Geschiedene und alleinstehende Mutter, aber die schien nun nur ihre Karriere im Auge zu haben. Vielleicht auch vermutete sie einen Agenten des amerikanischen Geheimdienstes in ihm. Mit anderen Worten, sie zeigte ihm die kalte Schulter. Bald darauf wurde Paul des Landes verwiesen. Er hatte sich für den damals sehr aktiven Dissidenten Ahasver eingesetzt, Manuskripte von ihm geschmuggelt und versucht, ihm mit einer gefälschten Einladung zur Ausreise zu verhelfen. Die Beziehung zu Vera versandete somit in verschlüsselten Belanglosigkeiten und lakonischen Glückwünschen zum Geburtstag.

Noch nie haben die beiden ehemaligen Nachbarinnen so offen miteinander gesprochen. Noch nie auch hat sich Vera so locker gegeben.

Ihr habt mir wegen meiner Parteimitgliedschaft immer mißtraut, sagt sie jetzt. Aber ich schwöre dir ...

Während sie sich so unterhalten, purzeln mit einem Mal kleine Lautkügelchen durch das geöffnete Fenster, eins nach dem anderen kullern sie durchs Gras, versammeln sich nach Augenblicken der Unschlüssigkeit zur erkennbaren Melodie.

Vera fährt wie vom Blitz getroffen herum. Hörst du, sagt sie, das ist Olja. Sie hat nie ordentlich Klavier gelernt. Und weißt du, was sie da spielt? Das Lieblingslied meiner Mutter. Meine Mutter, sie starb doch den Heldentod, als ich selbst noch ein Kind war. Ich habe Olja nie von diesem Lied erzählt. Ist das nicht seltsam?

Als das Geklimpere verstummt ist, legt Natascha ihren Arm um Veras Schulter: Du solltest einfach zu Paul hinübergehen. Ich nehme an, er wartet nur, daß du den Anfang machst.

Na, Mädchen, was zu trinken? ... Wie aus dem Boden gewachsen und schwankend, als befinde er sich in einem fahrenden Zug, steht Sergej mit einer Flasche Wein vor den beiden. Natascha sieht an ihm vorbei, Vera schlägt ihm vor, sich doch zu ihnen zu setzen. Das wenig einladende Gesicht seiner Frau läßt ihn allerdings augenblicklich das Weite suchen.

Und ich habe geglaubt, sagt Natascha, offensichtlich eine lange Gedankenreihe nun in Worten fortsetzend, ich könnte Sascha benützen, um Sergej zur Besinnung zu bringen! Hoffnungslos. Der sauft genauso. Jeder tut vor mir und auch voreinander, als sei alles in bester Ordnung, und ich finde die halbleeren oder leeren Flaschen in den abwegigsten Verstecken, auf dem Balkon, in der

Fahrradtasche, im Papierkorb, und jeder, den ich frage, behauptet, die wäre vom anderen. Sergej hat ja mit niemandem Kontakt, seit er von zu Hause fort ist, seinen ganzen Frust lädt er bei mir ab. Ich bin manchmal selbst schon am Durchdrehen! Vielleicht, dachte ich, reißt ihn sein alter Schulfreund aus dem Suff. Gleich am ersten Tag hab ich Sascha also beiseite genommen, er soll doch mit Sergej reden, so geht das nicht weiter, naja, und das Reden sieht dann so aus, daß sie sich gegenseitig unter den Tisch saufen, sobald ich aus dem Haus bin!

Vera fährt sich nachdenklich durch die altmodische Frisur. Also, daß Sascha sauft, verstehe ich, du hast keine Ahnung, was sich bei uns im Land jetzt abspielt! Kein Lichtblick, totaler Kollaps unseres Systems ... Ihr seid gerade rechtzeitig abgehauen.

Ein System, das du bis zur Selbstverleugnung verteidigt hast! flicht Natascha vorwurfsvoll ein. Sind dir also doch endlich die Augen aufgegangen?

Ach, lassen wir das. Es tut weh ... Aber sag, woran ist Sergej hier bloß zerbrochen? Ich weiß noch, ein neues Leben wollte er im Westen anfangen, ein neuer Mensch werden ...

Natascha hebt resigniert die Schultern. Es gibt eben nicht nur äußere Grenzen, sagt sie dann. Es gibt auch innere, die nicht überschreitbar sind. Das ist wahrscheinlich unsere größte Tragödie ...

Die Freunde: Nadjas Vater und Dimas Vater. Unzertrennlich sind sie einmal gewesen, unzertrennlich sind sie seit drei Wochen wieder. Zwölf Jahre haben sie einander nicht gesehen ... Elf! ... Das war doch damals, als den senilen Trottel endlich der Teufel holte ... Nein, wir sind vorher weg, da saß er noch fest im Sattel und drehte eifrig an der Rüstungsspirale, während er aller Welt Entspannungspolitik vorgaukelte. Ist ja egal, Hauptsache, du bist da, und wie geht's denn Wolodja und Tanja und Ira und Slawa und den Kulagins und, und wie steht eigentlich dein General zu diesen Veränderungen, bin ich noch immer der Dreckskerl für ihn, der sein Vaterland im Stich gelassen hat?

Mehrmals hat Sergej probiert, den ehemaligen Schulfreund und jetzigen Institutsvorstand zu sich auf Besuch einzuladen, und stets ist dessen Ausreiseansuchen abgelehnt worden – bis vor kurzem genügte es bekanntlich, einen Angehörigen der Roten Armee zum Vater zu haben, um als Schwachstelle für westliche Geheimdienste zu gelten, anfällig für den Verrat von Staatsgeheimnissen. Saschas Vater war ein solcher Armeeangehöriger gewesen ... Nun, da anläßlich der proklamierten Glasnost alle diese Staatsgeheimnisse ohnehin in den eigenen Medien ausposaunt werden, ist auch eine Auslandsreise keine Sünde mehr. Sascha durfte also endlich seinen alten Freund besuchen, doch statt seiner Frau hat Sascha die Tochter mitgebracht. Ira sei, Ira habe, ach, was soll ich dir sagen, die Weiber, der Haussegen hängt schon lange schief bei uns ...

Sie haben sich so unendlich viel zu erzählen, die beiden, auch jetzt noch, wo sie doch schon drei Wochen nichts anderes gemacht haben, als zu reden. Redend hängen sie drüben am Zaun und schauen redend den Pferden zu, redend schleppen sie den Griller herbei, redend mischen sie sich unter die Tischrunde, um dort unauffällig aufzutanken, redend wandern sie über die Wiese, und wird der eine aufgefordert, etwas zu bringen, oder in ein Gespräch verwickelt, so ist auch gleich der andere zur Stelle, um mitanzupacken oder mitzureden.

Das ist ja unnatürlich, wie die sich benehmen, bemerkt Gerdas Vater zu seiner Frau im Rollstuhl. Keiner kann einen Schritt ohne den anderen tun.

Ach, laß sie, sagt die, das sind halt Russen ...

Unter den Sonnenschirmen gibt Ahasver derweil die neuesten Anekdoten von drüben zum besten: Wißt ihr, wie der russische Tee à la Perestrojka geht? Nein? Man nehme die Bezugsscheine für den Tee, mische sie, je nach gewünschter Stärke, mit den Bezugsscheinen für heißes Wasser und füge die Bezugsscheine für den Zucker hinzu ... Oder der: Eine Mutter schimpft mit ihrem Sohn: Wie oft soll ich dir noch sagen, daß du beim Hinausgehen das Licht abdrehen sollst! Wenn die Birne durchgebrannt ist, kriege ich keine neue! Darauf der Sohn: Aber wenn ich jedesmal abdrehe, dann wird der Schalter kaputt. Und einen Schalter kriegt man erst recht nirgends ... Ha, ha!

Niemand lacht.

Das ist nämlich kein Witz, sagt Ahasver. Das hat mein Sohn gesagt ...

Ein hartes Klatschen reißt die Gäste unsanft aus ihren Gesprächen, schrill sagt die Gastgeberin den Programmpunkt »Reitvorführung« an.

Und dann fegt es plötzlich daher, eine wilde Jagd oder was, wie sich die Lichtung mit Schnauben und Hufgetrappel füllt, schwarze Mähnen und Schweife im Wind flattern, das Glück ist es, ja, was sonst, dieses berühmte Glück auf dem Rücken der Pferde, wie anders wäre zu verstehen, was hier geschieht. Im rasenden Galopp nehmen die Reiter, der Kosake Albin und seine Stallmädchen, auf einmal das Stück Stille in Besitz, setzen sie schwerelos über alles hinweg, das da so hundsgemein vor ihnen aufgebaut steht, Balken und Stangen, Gräben und Büsche; Grasbüschel fliegen durch die Luft, die Erde bebt, ach, was für ein atemberaubendes Spektakel – das Tier im Menschen, wie aus zwei kurzen Beinen vier federnde, weitausgreifende Läufe werden, der Mensch im Tier, ein herrliches Instrument, das seine Natur im Flug verleugnet, im Sprung über ausgetüftelte Hindernisse; die Sprache stechender Sporen, beißender Trensen, eisernen Fersendrucks, kühn setzt das Pferd dem Herz des Reiters nach, aber wenn der dann Zügel und Schenkel lockert, lobend seine Hand auf den schweißglänzenden Nacken legt, wenn die wilde Bewegung erst in aufgeregtem Getrippel und schließlich in gemächlichem Trab sanft verklingt, dann kann auch der blutigste Laie das menschliche Glück des Tieres ermessen: Gut gemacht! Brav! …

Wo da erst Sprachlosigkeit gewesen ist, verschafft sich nun Bewunderung lautstarken Ausdruck. Die Gäste, vor allem die, die frisch von »drüben« kommen, sind überwältigt. Sowas haben sie noch nie erlebt. Und das auch nicht: Pferde zum Angreifen, Pferde, ja, sogar zum Besteigen.

Wer traut sich? sagt der Richter auffordernd, und schon sitzt Sascha auf dem edlen Tier, schwenkt sein rotes Golfkäppchen, das ihm recht gelegen kam, weil es sein schütteres Haar unauffällig kaschiert, und will unbedingt photographiert werden. Wer hat einen Photoapparat, schreit er, das glaubt mir zu Hause doch keiner, daß ich auf einem richtigen Pferd gesessen bin! …

Nach einigem Zögern nähert sich auch Sergej. Der Richter hält auffordernd das andere Pferd am Zügel fest, um ihm das Aufsitzen zu ermöglichen. Es dauert eine ziemliche Weile, bis der schon auf zwei Beinen unsichere Sergej soweit ist, daß er, auf einem Bein balancierend, mit dem anderen in den baumelnden Steigbügel trifft. Ächzend zieht er sich, vom Richter kräftig unterstützt, in die Höhe. Mit hörbarem Krachen zerplatzt seine Hose genau in der Mittelnaht.

Scheiße! Mein bestes Stück! Auch egal. Nu, dawaj, ja, wieso rührt sich der Elefant nicht? Vergeblich trommelt er mit seinen langen Beinen gegen den Bauch des Tieres. Wie angewurzelt steht es da und wendet nur fragend sein edles Haupt zur Seite.

Weiß der überhaupt, auf was er sitzt? sagt der Richter, der nur das Wort Elefant verstanden hat, beleidigt. Eine Million kostet so ein Siegerhengst heute! …

Die übrigen Gäste haben sich inzwischen über das Anwesen verstreut, die einen promenieren in wechselnder Formation von Koppel zu Koppel, die anderen schauen den Stallmädchen bei der Arbeit zu oder halten ihre bleichen Großstadtgesichter in die nachmittägliche Julisonne. In der Ferne ist eine blumenpflückende Vera zu erkennen, und vorne, unweit der Einfahrt, hat die malende Nadja nach wie vor die ganze Szene im Visier.

Natascha, die Veilchenblaue, und Ahasver, altmodisch karierte Hose zu verwaschenem Hemd, haben sich auf der Bank am Rande des Reitplatzes niedergelassen und beobachten stumm, wie die beiden Plumpssäcke hoch zu Roß mit dem Gleichgewicht kämpfen.

Bist du schon einmal geritten? fragt Natascha schließlich gähnend.

Ja, auf einem Kamel im Zirkus.

Natascha ist plötzlich wach: Auf einem Kamel im Zirkus?

Wie ich aus dem Gefängnis gekommen bin, hab ich eine Zeit als Tierwächter im Zirkuszoo gearbeitet. Wer stellt bei uns denn schon einen Knastbruder an? Hast du das nicht gewußt, daß ich gesessen bin?

Nein, Natascha hat es nicht gewußt, sie kennt Ahasver ja auch erst seit drei Stunden und nur aus den spärlichen Erklärungen Pauls, der ihn mitgebracht hat. Ahasver ist vor ein paar Tagen unerwartet bei ihm aufgetaucht, nachdem ihm endlich, nach so vielen Jahren vergeblicher Bemühungen, die Ausreise geglückt ist.

Wieviel hast du denn gekriegt?

Sieben plus fünf.

Natascha nickt fachmännisch: Aha, Artikel hundertneunzig – antisozialistische Propaganda –, sieben Jahre Lager und fünf Jahre Verbannung. Verbreitung von Untergrundliteratur und so, stimmt's?

So ungefähr, aber ich hab nur die Hälfte absitzen müssen ...

Hast du Familie?

Ja. Die sind geblieben, warten ab, wo ich lande.

Und wo willst du hin?

Nach Amerika natürlich, wohin sonst?

Hast du dort wen?

Ein paar Adressen ...

Die beiden Reiter in ihrem Blickfeld sind gleichfalls in ihre unendlichen Gespräche vertieft und scheinen ganz vergessen zu haben, daß sie sich im Sattel befinden.

Friedlich grasend und aller Zügel und menschlicher Fersen ledig, setzen die Pferde Fuß vor Fuß, schütteln sich von Zeit zu Zeit die Fliegen vom Leib oder fahren sich gegenseitig mit ihren samtigen Nüstern in die Mähnen.

Verflixt, wie komm ich von diesem blöden Vieh herunter? Ich brauch dringend eine andere Hose! erinnert sich Sergej plötzlich an sein Mißgeschick, aber Sascha hat andere Sorgen: Und was mach ich, wenn mich Ira nicht mehr ins Haus läßt? Sie hat mich schon einmal in der Besenkammer übernachten lassen, als ich zu spät heimkam. Ich glaube, sie ahnt, daß ich sie mit zwei Kolleginnen betrüge ...

Sergej hebt überrascht den Kopf: Mit zwei gleich?

Ich weiß auch nicht, was in mich gefahren ist. Ich liebe doch meine Ira! ...

Du solltest ihr irgendwas Schickes aus dem Westen

mitbringen. Da verlieren unsere Weiber gleich den Kopf und verzeihen alles ...

Ich hab ihr eine Bluse ...

Was, die? Das ist doch ein Herrenhemd! Die Knöpfe sind auf der falschen Seite.

Ist ja egal. Es war so billig ...

Vor dem Haus treffen Gastgeber und Gäste mittlerweile fieberhafte Vorbereitungen fürs Essen. Die einen versuchen, den Griller aufzubauen, die anderen stehen sich in der Küche gegenseitig im Weg. Ächzend stemmt der Richter den Korb mit ein paar Holzscheitern hoch. Um Gottes willen, kreischt Gerda besorgt, so helft ihm, er darf nicht schwer heben!

Reitet wie ein Teufel, aber einen Holzkorb heben, das geht über seine Kräfte! ätzt die alte Frau an der Hauswand, die offensichtlich nicht sehr glücklich über die Verbindung ihrer Tochter mit dem Richter ist.

Drei Leute blasen sich schließlich gegenseitig die Asche ins Gesicht, als es darum geht, das Feuer zu entfachen, zwei weitere brechen Reisig in zündholzgroße Stücke, während Gerda im Gras hockt und abwechselnd mit einer Bürste den Rost reinigt und ihren Busen in den Ausschnitt ihres T-Shirts zurückstopft. Olga tänzelt trällernd mit Geschirr und Salaten einher, Vera versucht vergeblich, Gläser und Personen zu zählen: Also, wie viele sind wir nun wirklich? ...

Als die Glut endlich niedergebrannt, der Tisch gedeckt ist und die Gäste sitzen, schreitet der Hausherr zur heiligen Handlung des Grillens. Mit wichtiger Miene und glühender Glatze legt er die Fleischstücke auf den Rost.

Aber da fehlt doch noch wer, ruft Vera plötzlich. Sascha und Sergej! Wo sind sie denn?

Der Richter hält mit dem Fleischauflegen inne: Es

schaut so aus, als hätten die Mädchen sie auf den Pferden vergessen! Ich glaub, die trauen sich nicht allein herunter … Kein Verlaß auf diese Reitlehrlinge heutzutage, alles muß man selber machen! Morgen entlasse ich sie! …

Schimpfend wischt sich der Richter die fetten Hände ab und macht sich auf, die beiden Russen auf die Erde zurückzuholen.

Ich brauche eine Hose! jammert Sergej.

Erst wird gegessen! bestimmt der Gastgeber. Er lotst die beiden Reiter an den Tisch und taucht erneut in die Rauchwolken des Grillers ein.

Schlaff und verquollen, als hätte auch sie zu tief ins Glas geschaut, hängt die Sonne über den Wipfeln der Tannen, die zu einer schwankenden Wand zusammengewachsen sind. Das Gelage vor dem Haus will kein Ende nehmen. Immer neue Fleischteller werden aufgetragen, immer neue Gläser gefüllt, und die Gäste empfehlen sich abwechselnd und mit zunehmender Häufigkeit und Unmißverständlichkeit: die Damen ins Haus, die Herren in den Wald. Die alten Herrschaften können sich nicht genug über die Unmengen wundern, die die Russen, allen voran Sascha, verdrücken. Der Schweiß steht ihm auf der Stirn, das Fett tropft ihm von den Lippen, und trotzdem kann er nicht nein sagen, wenn ihm die brutzelnden Koteletts gereicht werden.

Photographieren! ruft er mit heiserer Stimme. Fleisch zum Anschauen für zu Haus! …

Er hat den Schirm seines Golfkäppchens nach hinten geschoben und sieht nun aus, als hätte er eine Badekappe auf dem Kopf. Mit heiserer Stimme prostet er seiner Tochter Nadja zu.

Die ist nach unzähligen Aufforderungen der Gesellschaft endlich hinter ihrer Staffelei hervorgekommen und sitzt nun traurig oder einfach bloß müde am Ende der Tafel.

Iß, Kind, iß! fordert sie der Vater auf. Zu Haus gehen wir sowieso wieder auf unsere Nulldiät!

Wiehernd schaltet sich Sergej ein: Verknallt ist sie! In unseren Dima verknallt ... Oder hast du ihn dir bloß angelacht, weil du nicht mehr in unser Scheißland zurück willst?

Ach, er hat überhaupt kein Gefühl, faucht Natascha leise zu Gerda, die es aufgegeben hat, Ordnung auf dem Tisch schaffen zu wollen. So schau doch, das arme Kind!

Tatsächlich hat sich auf Nadjas fahle Wangen ein merkliches Purpurrot gelegt.

Wer hätte das gedacht, daß sich die beiden so ineinander verlieben würden, fährt Natascha fort. Sie sind mehr oder weniger miteinander aufgewachsen, waren beide sieben, als wir dann auswanderten. Dima konnte sich überhaupt nicht mehr an sie erinnern, überhaupt kann er sich an nichts dort erinnern. Das hat mich traurig gemacht, daß er nämlich keine Beziehung zu unserer Heimat hat und auch nicht mehr Russisch sprechen will ... Aber seit er mit Nadja zusammen ist, spricht er wieder. Er ist wie ausgewechselt, interessiert sich plötzlich für alles dort und will unbedingt hinüberfahren.

Wo die Liebe hinfällt ..., seufzt Gerda mit schwerer Zunge und wirft ihrem Stenka Rasin einen bedeutungsschweren Blick zu.

Der aber merkt das nicht, ist ganz ins Gespräch mit seinem Nachbarn, dem alten Mann, vertieft. Ihrer sachlichen Gestik nach zu schließen, geht es dabei wieder einmal um den Krieg, um Stalingrad und deutsche Generäle. Mehr haben sich Gerdas Vater und deren Liebhaber, verstrickt in eine heikle Beziehung, ja auch nicht zu sagen.

Gerda und Natascha, die in dem Durcheinander plötzlich, was sie bisher peinlich vermieden haben, nebeneinander zu sitzen kamen, wechseln belanglose Bemerkungen. Ihr Verhältnis ist ebenfalls kein ungetrübtes, auch wenn die beiden jetzt so tun, als sei die Welt in Ordnung. Gerda, Nataschas anfängliche Gönnerin, die ihr über die ersten Hürden im Westen geholfen hat, sah in der Russin, je mehr sich die emanzipierte, eine Rivalin, die sie mit eigenen kulturellen Aktivitäten an die Wand drängte. Natascha, ausgebildete Musikpädagogin, begann nämlich in bescheidenem Rahmen Klavierabende zu geben und sich in unserer kleinen Stadt als Interpretin ernster russischer Musik, die sie mit passenden Kommentaren und Zitaten den Hörern nahebrachte, einen Namen zu machen.

Das ertrug Gerda offensichtlich nicht, vor allem, weil sich Natascha einmal abfällig über deren folkloristischen Klamauk geäußert hatte. Sie warf ihr Inkompetenz und Effekthascherei vor, brachte Gerüchte über sie in Umlauf und schnitt die Russin von nun an. War es ihr Werk, oder war Nataschas Publikum tatsächlich müde, auf jeden Fall begann das Interesse an den Konzerten abzuflauen, und Natascha begnügte sich in der Folge wieder mit den paar Klavierstunden, die sie gab.

Dennoch hielten die beiden weiterhin losen Kontakt, nicht zuletzt auch deswegen, weil der Russenfreund Albin darauf bestanden hatte, bei einer echten Russin Russisch zu lernen, und außerdem die vage Hoffnung bestand, daß er Sergej auf der Gerichtsmedizin unterbringen würde.

Wo sind eigentlich deine Kinder? will Natascha nun wissen. Sie kann sich noch gut an die Gluckhenne Gerda erinnern, die ihre Brut keine Sekunde aus den Augen ließ.

Ach, die gehen schon längst ihre eigenen Wege. Nur der Jüngere, fünfzehn ist er jetzt, macht mir Sorgen. Er ist schon wieder durchgefallen, hat, glaube ich, den sozialen Abstieg seines Vaters nicht verkraftet.

Weiß dein Mann von ... deinem Verhältnis?

Aber ja, hat mich doch selber über all die Jahre betrogen. Ich hätte mich auch längst scheiden lassen, wenn sich Albin nur von dieser Hexe befreien könnte! ... Sie tut alles, um uns zu trennen, schreibt Drohbriefe, lauert ihm auf, einmal hat sie mich sogar tätlich angegriffen ...

Und wo ist sie jetzt?

Ach, irgendwo, vielleicht hockt sie auch im Wald und beobachtet uns ...

Und was ist, wenn dein Mann vorzeitig aus der Haft entlassen wird?

Da wird auf einmal der gegenübersitzende Ahasver hellhörig. Ihr Mann sitzt? Weswegen denn?

Mein Mann war Arzt. Man hat ihm einen Todesfall in die Schuhe geschoben. Es war ein Riesenskandal, sie brauchten einen Sündenbock ...

Ja, aber wie ist denn so etwas in einer Demokratie möglich? empört sich Ahasver. Sie sind doch Richter, Albin?

Der Angesprochene scheint ihn nicht zu hören, er analysiert mit Gerdas Vater gerade den Vormarsch der Deutschen im Kaukasus.

Und ich dachte, nur bei uns säßen die Leute unschuldig im Knast, murmelt Ahasver enttäuscht.

Aber jetzt haben sich diese Sachen bei euch doch aufgehört, mischt sich Gerda ein. Die sinkende Sonne läßt ihr künstlich gekräuseltes Haar in einer Art Korona kukuruzgelb erstrahlen. Was man so hört und liest ...

Und, was glauben Sie, wieso ich abgehauen bin?

Also, ich versteh das nicht, sagt Gerda. Da habt ihr

jetzt eure Perestrojka, und dann rennt ihr erst weg. Ihr seid viel zu ungeduldig. Das ist doch aufregend, was sich jetzt bei euch tut! ...

Für die, die im Paradies leben, ist die Hölle exotisch, kommt es ironisch von Ahasver.

Gerda übersetzt ihrer neugierigen Mutter, worüber sie gesprochen haben. Die wiederum will noch einmal alles von Ahasver selber hören und setzt das Gespräch auf englisch fort. Sie kann kaum glauben, daß es Leute gibt, die in der Mitte ihres Lebens ins Blaue unterwegs sind, keine Ahnung haben von dem Land, in dem sie sich augenblicklich befinden, und welches das nächste auf ihrer Reise nach Amerika sein wird, alles hänge von den Behörden und Papieren ab, weiß Gott, was er ihr da für Bestimmungen aufzählt, vorläufig aber sei er auf der Suche nach Arbeit, alles mögliche habe er schon ausprobiert, aber mit zehn Schillingen pro Stunde als Möbelpacker käme man doch auch nicht weit, und doch, Sie können sich nicht vorstellen, Madame, dieses Gefühl, an einem traumhaften Sommertag seine Habseligkeiten zu packen und alles hinter sich zu lassen, das Glück des Aufbruchs, des Neubeginns, was immer auch darauf folgen mag ...

Am anderen Tischende ist es still geworden. Dort sind Paul und Vera in ein leises, von bedeutungsschweren Pausen unterbrochenes Gespräch vertieft. Olga kritzelt noch immer oder schon wieder was in ihr Tagebuch, Gerdas Vater lehnt, seinen verbeulten Alpinistenhut tief in der Stirn, mit geschlossenen Augen an der Hauswand. Und niemandem fällt auf, daß in den Nachmittagsschatten die Sonnenschirme längst überflüssig geworden sind.

Irgendwann steht plötzlich Ahasver mit einer Gitarre in der Haustür, greift lässig in die Saiten. Singt.

Was er singt? Die silberhaarige Frau versteht, ohne zu

verstehen. Denn Wehmut kommt über die Wiese geschlichen, zieht den dämmerdunklen Schleier der Sehnsucht hinterher. Vergessenes bricht aus dem Wald, ein Rudel zierlicher Rehe, ein hoppelndes Pärchen langohriger Feldbewohner, Versäumtes schleicht sich an: schmerzhaftes Glück. Irgendwie hast du es geschafft, alt zu werden, ohne die Freude zu verlernen, und immer noch ist Platz in deinem Herzen für fremdes Leid. Fremdheit, ja, auch das ist eine Krankheit, die so viele heut unsichtbar mit sich herumschleppen, fremd, das ist, was niemand versteht, das ist das Haus, das nicht auf dich wartet.

Was er singt? Ach, nichts Besonderes. Oder doch? Sergej schaut trüb in sein leeres Glas, als käme von dort eine Erleuchtung, Sascha summt leise mit, Natascha wischt sich verschämt eine Träne von der Wange, Nadja hat ihren Kopf auf Oljas Schulter gelegt, und Veras Auge ist nach innen gerichtet, in eine Ferne, in welcher sie auch Pauls verstohlener Blick nicht erreichen kann ...

Schluß jetzt mit dem Trübsalblasen! befiehlt der Hausherr plötzlich und schlägt auf seiner Balalaika eine schmissige Melodie an: Kalinka, Kalinka, Kalinka moja ... Und grölend, vom Echo zeitversetzt unterstützt, fällt die Runde ein: Kalinka, Kalinka, Kalinka moja ...

Jetzt, wo der Schnee, ach, als hätte der Regen nicht längst alle Farben abgewaschen, die große Geschichte, das Weltgeschehen, meine kleine Geschichte hoffnungslos überholt. Wie arm in diesen Tagen die Welt geworden ist, wie kaputt! Und wie spärlich die Post von drüben.

Denke voll Wehmut an die Zeit bei Euch, schrieb Sascha nach seiner Rückkehr. Vier Wochen Durchatmen, und jetzt? Die Realität – ein Gruselfilm. Das

Leben hat seinen ursprünglichen Sinn wieder: Überleben! Wir sind offensichtlich in der Pause zwischen zwei Akten eines grandiosen Spektakels auf die Welt gekommen, einer Pause, die länger dauert als ein ganzes Leben. Am liebsten würde man sich zuschütten – aber womit? ...

Olga schrieb: Die Situation spitzt sich von Tag zu Tag zu. Nichts funktioniert mehr, man muß von Glück reden, wenn man überhaupt noch ein Verkehrsmittel zur Arbeit bekommt. Die Schauspieler übernachten im Theater, weil sie sich nach der Vorstellung nicht mehr auf die Straße trauen. Es kursieren die abenteuerlichsten Gerüchte.

Vera schrieb: Bewege mich durch die Tage wie im Nebel. Zwei Stunden um Fleisch angestanden, und als ich drankam, war nichts mehr da. Butter, Käse und Rahm schafft man, wenn es sie gibt, in einer Stunde. Die Geschäfte verdienen ihre Bezeichnung nicht mehr. Unser Fischgeschäft, zum Beispiel, heute: statt Fisch oder sonst was Eßbarem, nur eine hungrige Katze auf dem Ladentisch. Hab mir für den Winter einen Sack Kartoffeln gekauft, der blockiert mir jetzt die halbe Wohnung. Trotzdem geschehen auch Wunder – ein Bekannter hat mir fünf Dutzend Eier aufgetrieben, nachdem es wochenlang nicht ein einziges gab. Ob Ihr Euch solches Glück wohl vorstellen könnt?

Von Ahasver sind verschiedene Ansichtskarten gekommen: aus Rom, Paris, Barcelona und New York-Brooklyn. Nicht die vornehmste Adresse, schreibt er. Aber Amerika ist groß ...

Und Nadja? Sie schweigt. Hat offenbar genug von uns allen. Läßt lieber ihr Bild reden, das seit ihrer Abreise über Dimas Schreibtisch hängt. Dima ist nämlich mein Sohn.

Nadjas Bild also. Ein Sommertag, in dem noch alles drin ist. Und der so endete.

Die Szenerie der Sorglosigkeit. Wie die Pferde in der Koppel schon seit Stunden im Kreis gehen, nicht zur Ruhe kommen wegen der vielen Bremsen, eingehüllt in flirrenden Staub, das milde Licht des Spätnachmittags auf ihren sattbraunen Rücken; wie sich eine Schlappheit unter den Gästen bemerkbar macht – müdegeredet, müdegelacht, müdegetrunken. Auch den beiden Kriegsveteranen, die ihre Diskussion im Stehen mitten in der Einfahrt fortgesetzt haben, scheint der Gesprächsstoff ausgegangen, denn immer länger schweifen ihre Blicke in die Ferne. Sascha schimpft matt, weil bereits alle Photos verschossen sind, Sergej erzählt Paul und Ahasver, die sich auf der Bank beim Stall niedergelassen haben, schon zum dritten Mal den gleichen Witz, die Gastgeberin stolpert beim Einsammeln des über die Wiese verstreuten Geschirrs über ihre eigenen Füße, Natascha liegt mit Kopfweh im dunklen Zimmer, Vera blättert lustlos in einem Lyrikband mit bisher verbotenen russischen Gedichten, Olga klimpert auf dem Klavier, die alte Frau sitzt, mutterseelenallein und von allen vergessen, immer noch dort, wo man ihren Rollstuhl beim Eintreffen hingeschoben hat, vor ihr der knochenübersäte, verwüstete Tisch, und Nadja, ja, wo ist eigentlich Nadja? Verwaist ihre Staffelei, die untergehende Sonne haucht rötliches Gold auf das Grün des fertigen Bildes. Eben war sie noch da, jetzt ist sie weg.

Die ist in den Wald, erinnert sich wer, wahrscheinlich war das Klo im Haus besetzt ...

Und was ist das? Klingt wie ein Schuß! ...

Ein Schuß? Ja, das behauptet auch Nadja, die im gleichen Augenblick schreiend um die Ecke gerannt kommt. Jemand hat auf mich geschossen!

Geschossen?! Aber wer? Aber wieso?

Ja, das frage ich mich bis heute, obwohl, genaugenommen ...

Nein, keine Polizei! hat der Richter angeordnet, als sich die erste Aufregung gelegt hat. Seine Stimme duldete keinen Widerspruch. Ein Wilderer möglicherweise. Die ballern heutzutage einfach herum. Vielleicht auch bloß Einbildung ...

Warum hat er Nadja nicht mit Nachdruck nach ihren Beobachtungen gefragt? Warum war Gerda plötzlich bleich wie der Tod geworden, hatte mit bebender Stimme nach einem Beruhigungsmittel verlangt? Warum haben die Gastgeber es plötzlich so eilig gehabt, das Fest für beendet zu erklären? Warum haben sie das arme Kind in der Folge mit Geschenken überhäuft? Warum? Warum?

Ach, als wär's nicht egal, wer damals auf wen geschossen hat, wer damals mit wem verwechselt wurde!

Jetzt, wo so viele Schüsse fallen. Und das Rad der Geschichte sich panzerrasselnd zurückzudrehen beginnt.

August 90

Rußland ist in diesen Tagen für den Beobachter das merkwürdigste Land, weil man in ihm die tiefste Barbarei neben der höchsten Civilisation findet ...
(Astolphe de Custine »Prophetische Schatten aus dem Jahre 1839«)

I

Straßen, die sich bei Regen in reißende Bäche verwandeln. Abgrundtiefe Löcher in den Gehsteigen, als hätten eben Granaten eingeschlagen. Schuhgeschäfte, die mitten im Sommer nichts als Filzpatschen und Galoschen führen. Schlagzeile: Werden wir in diesem Winter frieren? ... Frauen, die im Geraufe um Wurst ohnmächtig werden. Taxifahrer, die vor den Augen der Miliz ihre Fahrgäste erpressen. Kaum ein Stiegenhaus, das nicht nach Urin stänke. Schlagzeile: Rekordernte – eine Katastrophe! ... Plakate, die für die Künste von Hexenmeistern werben. Freunde, die sich in ihren Wohnungen verbarrikadieren. Jeder zweite, der behauptet, ein Ufo gesehen zu haben, jeder dritte, der in den Westen will. Schlagzeile: Marktwirtschaft ja. Aber was ist das eigentlich? ... Schriftsteller ohne Schreibmaschine. Schneiderinnen ohne Stoffe. Kinder ohne Milch. Lebensmittelmarken. Phantasiepreise. Gerüchte. Der Golfkonflikt kein Thema, denn der Krieg steht vor der eigenen Haustür: Die Tschernobylbombe tickt. Das Sevesogift im Ural. Pogrome in Mittelasien. Unruhen im Baltikum. Plünderungen, Überfälle, Sabotage, Angst.

Und das alles sind Tatsachen: gesehen, gelesen, gehört.

Der Neue Mensch ist tot, es lebe der alte! Der alte, der kleingeschriebene, längst abgeschriebene: der Kaufmann, der Bauer, der Beamte, der Mönch, der Großfürst – aber wo ist er? Ermordet, verbannt, ausgerottet, das ist er, und so stehen zweihundertachtzig Millionen Menschen vor den Trümmern ihres stolzen Reiches und wissen nicht weiter. Ein Alptraum? Eine Apokalypse?

Wo ich in diesem August auch hinkomme, nichts als Resignation, als Wut.

Heulen wie ein Wolf möcht ich! Auf den Balkon hinausgehen und in den Hof hinunterheulen vor Ohnmacht! schreit Anja, die mit ihrem Mann, einem bekannten Dramatiker, schon mehrmals im Ausland war. Man kann sich nur mehr mit Tabletten betäuben! Wer noch einen Funken Verstand hat, der erträgt es nicht mehr, dieses Gewäsch, diese leeren Versprechungen, diese Gemeinheiten rundherum, diesen Irrsinn, der sich Perestrojka nennt! ...

Die Sätze brechen so unvermittelt aus ihr heraus, daß es mich schaudert. Wir sitzen in ihrer kleinen Zweizimmerwohnung bei Wodka und ein paar bescheidenen Imbissen, während ein stürmischer Regen gegen die Scheiben schlägt. Ich bin noch zu kurz in Moskau, um ihre Verzweiflung zu verstehen.

Ist es denn wirklich so schlimm? frage ich betroffen.

Ach, ihr habt keine Ahnung, was bei uns los ist. Wie solltet ihr auch? Als Schriftsteller sind wir mit unseren Lebensmittelzuteilungen zwar immer noch besser dran als der Durchschnitt, doch auch unsere Rationen werden von Woche zu Woche dürftiger. Ein Kilo Zucker, zehn Schokolademünzen, eine Schachtel Trockenmilch, zwei Gläser Mayonnaise und ein Päckchen Tee waren es diesmal! Aber vor dem Hunger habe ich weniger Angst ...

Anja kämpft mit den Tränen, ehe sie weiterspricht: In der Nachbarschaft sind schon zwei Wohnungen angezündet worden, als die Besitzer auf Urlaub waren ... Sie gehen jetzt gezielt gegen uns Juden vor ... Ich will weg, ich halte das nicht mehr aus!

Weg will jetzt auch Sergej, ein bekannter Konzertpianist, und wenn er im Westen Klavierstunden geben muß. In all den düsteren Jahren der Stagnation hat er tapfer ausgeharrt. Mein Platz ist hier – irgendwer muß doch die Stellung halten, hat er damals zu mir gesagt. Du wirst sehen, es werden andere Zeiten kommen ...

Die anderen Zeiten sind da, die Freiheit ist atemberaubend, und trotzdem wollen auch seine beiden erwachsenen Töchter weg. Wissen Sie keine Ausländer, die uns heiraten und mitnehmen würden? fragen sie mich.

Weg will der befreundete Arzt, wenn ihn in Amerika nur jemand brauchen könnte, weg will der Taxichauffeur, der mir Ikonen oder sonst was Wertvolles verspricht, wenn ich ihm eine Einladung verschaffe, weg wollen die Alten, die sich nicht vorstellen können, wie das im Winter mit dem Anstellen werden soll, weg wollen sie alle, die schon seit sechs Uhr früh vor der Ausreisebehörde warten, eine dichte Menschentraube, die den Verkehr auf der Straße behindert. Seit einiger Zeit stecke ich ebenfalls im Gewühl, allerdings mit der gegenteiligen Absicht, nämlich mich als Ausländerin in Moskau anzumelden.

Was für Geschichten fliegen mir da um die Ohren! Was für Leidenswege durch Instanzen und Warteschlangen, das halbe Leben ging darin hin! Von Bekannten und

Verwandten wird da erzählt, wer »drüben« was geworden sei, Kontaktadressen werden gewechselt, freiwerdende Wohnungen verschachert, Rubel gegen Dollar getauscht. Dazwischen werden Namen aufgerufen und Nummern gegen heimlich zugesteckte Kuverts korrigiert ...

Ein paar Stunden später eine andere Schlange vor derselben Tür. Ich bin am Vormittag nicht mehr drangekommen und unter der Nummer vierundzwanzig für den Nachmittag vorgemerkt. Es sind hauptsächlich Ausländer, die nun, genau nach den Gesetzen einer russischen Schlange handelnd, zu Hyänen werden. Ein junger Russe, der seinen amerikanischen Gast anmelden wollte und ebenfalls umsonst anstand, hat eine Liste angelegt und versucht vor dem noch verschlossenen Eingang verzweifelt, »seine« Leute um sich zu scharen und vorrangig ins Gebäude zu lotsen. Die während der Mittagspause neu gebildete Schlange will nämlich nicht einsehen, daß bereits eine »Vormittagsschlange« existiert, und fordert wütend ihr Recht. Als sich schließlich die Türe öffnet, will jeder, ohne Rücksicht auf Nummer oder Liste, der erste sein, es wird geboxt, gestöhnt, gekreischt und mit dem Milizionär gedroht. Inländer und Ausländer beflegeln einander, jemand versucht, dem Russen die Liste zu entreißen, zwei Neger machen sich ernsthaft daran, von der Straße durch das ebenerdig gelegene Fenster einzusteigen. Über einen Lautsprecher kommt plötzlich die Warnung, daß man überhaupt jede Amtshandlung einstellen werde, wenn nicht sofort Ruhe herrsche. Der Listenführer nutzt die Schockwirkung dieser Ankündigung, um seine Schlange zu formieren, und die Nachmittagsschlange fügt sich schließlich in ihr Schicksal, nämlich, daß ein Teil davon mit Sicherheit die Morgenschlange des nächsten Tages sein wird, und legt eine eigene Liste an. Trotzdem geht vorne nichts weiter, weil es mittlerweile eine Nebenschlange von Leuten gibt, die sich als Botschaftsangehörige ausgeben, die bevorzugt abgefertigt werden, und eine andere von ganz besonders Schlauen, die alle behaupten, ihr Flugzeug zu versäumen, wenn sie nicht sofort drankämen ...

Ach, die Nostalgie muß schon groß sein, wenn sie solchen Torturen trotzt! Tut sie es denn noch? Oder ist es nicht so, daß du, kaum hier angekommen, auch nur den einen Wunsch hast: Nichts wie weg!?

Auf jeden Fall empfängt Moskau heute seine Gäste, wenn sie nicht Pauschaltouristen sind, alles andere als freundlich. Der Bahnhofsplatz brodelt vor Menschen, die alle vergeblich auf ein Taxi warten, das sie zum Normaltarif weiterbefördere. Unter vierzig Rubel, dem Zwanzigfachen des Preises also, ist hier nichts zu wollen, es sei denn, man winkt ein Auto mit einer Stange Marlboro heran.

Zum Glück hat mich eine Freundin abgeholt und von meinem lästigen Begleiter befreit, einem stockbesoffenen Mitreisenden mit verschwollenem Gesicht und dreckigem Anzug. Der hatte es sich nicht nehmen lassen, meinen Koffer zu tragen, und dabei was von streng geheimen Papieren gelallt, die er in streng geheimem Auftrag irgendwohin transportiere, und gar nicht bemerkt, daß er eben diese Papiere im Abteil liegengelassen hatte. Atemlos war der Schaffner damit hinter uns hergelaufen, darauf mein Kavalier mit schwerer Zunge: Das war Absicht. Ich wollte bloß die Wachsamkeit des Zugpersonals heutzutage auf die Probe stellen ...

Vor eineinhalb Jahren bin ich zuletzt hier gewesen. Hab ich damals einfach nicht so genau hingeschaut, oder sind der Zerfall, die Auflösung tatsächlich so erschreckend fortgeschritten? Tote Bäume säumen die Straßen, als hätte jemand zerfledderte Reisigbesen aufgepflanzt. Geschäfte sind entweder ohne Angabe von Gründen gesperrt oder von Menschen so dicht umlagert, daß man auf die Idee kommen könnte, hier gäbe es etwas geschenkt. Von zahlreichen Gebäuden an der einstigen Renommierstraße, die heute wieder ihren alten, vorrevolutionären Namen trägt, stehen nur die Fassaden. Sie sollen offensichtlich generalsaniert werden, aber von Baumaschinen oder Arbeitern nicht die Spur. Blauer Abgasdunst trübt den sengenden Himmel, stinkende Wolken benehmen den Atem. Der Verkehr ist noch gnadenloser, der Fußgänger noch rechtloser geworden. Autos verlieren im Vorbeifahren Kofferraumdeckel und Leute im Gedränge ihre Brillen. Ein Gefühl, als hinge alles in dieser Stadt, ihre Häuser, ihre Versorgungseinrichtungen, die Geduld ihrer Bewohner, ja, als hinge auch die Lenin-Ikone in deren Herzen an einem allerletzten hauchdünnen Faden.

Dafür gibt es ein MacDonalds und ein paar Coca-Cola-Reklamen. Und einen neuen Bürgermeister, der alles anders machen will. (Was das Volk davon hält, kann ich einem kleinen Dialog entnehmen, den ich auf meinem Meldeamt belausche: Ein einstiger Emigrant, sogenannter Rückwanderer, der offensichtlich seit Monaten auf der Suche nach einer Wohnung ist und dabei von einer Behörde zur anderen abgeschoben wurde, auf den Rat der Beamtin, sich doch wieder an die Stadtverwaltung zu wenden: Das sind doch alle Nieten dort! ... Die sind ja erst ausgewechselt worden, redet ihm die Beamtin zu. Die müssen erst in ihre Aufgaben hineinwachsen! ... Die sollen nicht wachsen, sondern arbeiten! ereifert sich der Antragsteller. Darauf die Beamtin, den Telefonhörer zwischen Kinn und Schulter, während sie mein Formular studiert: Also, ob sie jetzt wachsen oder arbeiten, kommt letzten Endes auf dasselbe heraus. Schauen Sie nur um Himmels willen, daß Sie weiterkommen! ...)

Sicherlich keine Kleinigkeit, eine Neunmillionenstadt mit dem weltweit höchsten Anteil an Rentnern am Leben zu erhalten!

Und wie für alles gibt es in den Medien auch für die Versorgungsengpässe eine einleuchtende Erklärung: Dreißigtausend Tonnen Lebensmittel würden täglich von den Moskauern verzehrt, dazu käme der Zustrom von Hamsterern aus der Provinz, kämen die Flüchtlinge aus den Unruhegebieten, die ungezählten Obdachlosen, die illegal auf Dachböden und in leerstehenden Gebäuden hausten, kämen, weiß Gott, was noch für Probleme.

Lauter faule Ausreden, sagen meine Freunde. Wenn das so wäre, dann müßte doch jetzt, wo wir uns bei Einkäufen mit einem Ausweis als Ansässige deklarieren müssen, irgendwas von diesen dreißigtausend Tonnen zu sehen sein!

Aber wo geht das alles hin?

Sie zucken die Achseln und erzählen davon, wie nicht nur Gemüse auf den Feldern verfaule, sondern ganze Waggonladungen der Ernte in Flüsse gekippt und Tonnen von Lebensmitteln im Wald vergraben würden. Auch die jüngste Tabakkrise – über Nacht sind im ganzen Land plötzlich keine Zigaretten mehr zu kriegen, es gab bereits Ausschreitungen und Straßenbarrikaden aus diesem Anlaß – könne nichts anderes als ein Sabotageakt bestimmter Kreise sein, um Unruhen zu schüren und einen neuen Stalin an die Macht zu bringen.

Es vergeht tatsächlich kein Tag, an dem ich nicht in der Zeitung von solchen Ungeheuerlichkeiten lese, an dem ich nicht via Fernsehen Zeuge werde, wie übervolle Geheimlager dringend benötigter Waren, vom Bügeleisen bis zum Autoreifen, ausgeforscht werden. Offiziell heißt es stereotyp: Da sind Spekulanten am Werk, das ist unsere Mafia, die wollen doch nur die Preise in die Höhe treiben.

Und wo ist das Brot in diesem Jahrhundertsommer hin? Wieso müssen Urlauber die traditionellen Feriengebiete in der Umgebung fluchtartig verlassen, weil über Nacht Lebensmittelmarken eingeführt worden sind?

Die Freunde lächeln nur über die Stellungnahmen der Verantwortlichen: Man habe nicht mit dem Hunger der aus den Ferien heimgekehrten Kinderschar gerechnet, die Leute konsumierten aufgrund der allgemeinen Lebensmittelknappheit eben viel mehr Brot, die Bäckereien seien total veraltet ...

Und wie soll das alles weitergehen?

Die Freunde schweigen.

Trotzdem sind ihre Tische immer noch für den Gast gedeckt. Auf dem Markt haben sie sündteures Gemüse und Fleisch eingekauft, im Milchgeschäft Schlange um Käse gestanden, über Beziehungen Alkohol aufgetrieben. Aber es will keine so rechte Stimmung aufkommen. Das Gelächter ufert nicht mehr dröhnend aus wie einst, es ist dünn und erstickt in kurzem, bitterem Schnauben. Ratlosigkeit ist an seine Stelle getreten.

Wo ist die Aufbruchsstimmung der neuen Zeit hin, die Euphorie der ersten freien Versammlungen, des ungehemmten Redens, der Abrechnung mit einem verhaßten Regime?

Ach, unsere Perestrojetschka, zischen sie verächtlich durch die Zähne. Wozu, meinst du, ist eine Freiheit gut, wenn man sich nicht mehr auf die Straße traut?

Es ist wahr, was sie sagen. Auch mich beschleicht ein banges Gefühl, wenn ich nach Einbruch der Dunkelheit in den menschenleeren Straßen zufällig noch unterwegs bin, die Warnungen der Zeitungen, die Horrorgeschichten im Bekanntenkreis im Ohr, bei denen es um Raubüberfälle, Morde, betrunkene Rowdies, Entführungen und Vergewaltigungen in der nächsten Nachbarschaft geht. Die Alpträume der Eltern, wenn ihre halbwüchsigen Kinder ins Theater gehen und um elf Uhr noch nicht zu Hause sind! Die dunklen Gestalten in Hinterhöfen und Hauseingängen! Die Fernsehberichte im Auftrag des Innenministeriums mit Appellen an die Bevölkerung! ... Meine Verwandten haben nicht nur eine sündteure Alarmanlage installieren lassen, sondern sich so gründlich hinter Schlössern und Balken verschanzt, daß sie ihre eigene Wohnungstüre kaum mehr aufkriegen. Wer seinen klapprigen Lada irgendwo abstellt, ohne Scheibenwischer und Spiegel zu demontieren, kann sicher sein, daß die in fünf Minuten weg sind. Und Ausländer, die auf dem internationalen Flughafen ins nächstbeste Taxi steigen, müssen damit rechnen, daß sie sich, anstatt im Hotel, auf irgendeinem Feldweg ohne Gepäck und Kleider wiederfinden.

Überhaupt die Kriminalität! Die Schlagzeilen der Zeitungen hören sich an, als gebe es nur mehr Anarchie und Chaos im Land: Marodierende Banden verunsichern die Provinzstädte! Waffenlager der Armee geplündert! Güterzug überfallen! Gerichtsgebäude niedergebrannt! Millionenwerte ins Ausland verschoben! ...

Vergeblich versuche ich, irgendeinen positiven Aspekt dieser wirren Zeit ins Gespräch zu bringen, spreche von Übergang und Geduld, die man haben müsse.

Ein vergrämtes Seufzen ist die Antwort: Ihr habt leicht reden! ...

Und was ist mit der Marktwirtschaft, die jetzt beschlossen worden ist?

Wie sich die da oben das vorstellen! kommt es entrüstet zurück. Als wüßte wer, was Marktwirtschaft überhaupt ist! Sie meinen, wenn sie den Dollar zum Zahlungsmittel machen und alle Nichtstuer auf die Straße werfen, ist das Problem gelöst. Schon jetzt sind unsere Holzrubel einen Dreck wert. Überleben kann nur, wer Devisen besitzt. Aber wer besitzt sie schon? ...

Kein Funke Hoffnung, mit wem ich auch spreche. Nur der gute Rat für den Ausländer: Hütet eure Heimat wie euren Augapfel, hätschelt sie, tragt sie wie einen kostbaren Schatz durch die Welt ...

Es ist sehr heiß in diesem August in Moskau. Die Metro verstopft mit schwitzenden Menschen, ihre schweren Taschen spießen sich auf den Rolltreppen. Viele kommen von einer Datscha oder sind auf dem Weg dorthin, wo sie ihre Kinder in der Obhut von Verwandten zurückgelassen haben. Auch sie selbst haben ihren Urlaub heuer dort verbracht. Wo hätten sie denn hinfahren sollen? Die baltischen Staaten mit ihrer Bernsteinküste sind seit neuestem Ausland. In der russischen Provinz gibt es nichts zu essen. Weißrußland ist strahlenverseucht. Die Lage an der kaukasischen Schwarzmeerküste explosiv. Auf der Krim ist der Fremdenverkehr zusammengebrochen. Der Baikalsee unerreichbar. Vom Martyrium der Beschaffung einer Bahn- oder Flugkarte ganz abgesehen ...

Ein Dörfchen auf einem Hügelchen, ein Flüßchen daneben. Ein Gärtchen, ein Häuschen, ein Zimmerchen darin: Das ist nun so eine russische Datscha.

Mit dem Vorortezug und einem privaten Taxi, dessen Tür sich nur durch einen kräftigen Fußtritt von außen schließen ließ, sind wir hergekommen, vorbei an brachen Feldern und Wellblechhaufen, die eine Kolchose sein sollen. Gekocht wird in einem improvisierten Schuppen, gegessen auf der wackeligen Veranda. Vormittags stolpert eine magere Kuh am Strick eines mit sich selbst redenden Weibleins vorbei, nachmittags kollert sternhagelvoll der Nachbar gegen den Zaun, steif wie ein Stock ist er von seinem Rad gestürzt. Viel mehr passiert hier nicht. Die verwitterten Blockhütten mit geschnitztem Zierat um die Fenster und schadhaftem Dach versinken schamhaft in einem Meer aus Spätsommerblumen und früchteschweren Obstbäumen, über den umliegenden Wiesen regt sich kein Lüftchen.

Matt sitzen Lidas Mutter und drei weitere alte Damen im Schatten eines Fliederbusches und reden seufzend von Krankheiten, Enkelkindern, Schwiegertöchtern, Wunderheilern, Einmachrezepten und Wucherpreisen. Was ich von den Zuständen im Land hielte, wendet sich Vera Wjatscheslawowna schließlich an mich. Ich stottere verlegen was von gewissen positiven Veränderungen, da fällt mir auch schon Klara Igorjewna ins Wort:

Also, ich begreife nicht, was einen Ausländer noch an unserem Land reizt. Kein Leben ist das mehr! Sie haben die Ideale Lenins verraten. Nie, nie hätte man das zulassen dürfen! ...

Witja mischt sich ein, der zeitunglesend ein wenig abseits sitzt.

So hört doch endlich auf mit eurer Schwarzmalerei! Wie soll da je was werden, wenn jeder so denkt? Noch ist niemand verhungert, alle sitzen sie auf ihren Zucker-, Mehl- und Waschmittelvorräten. Wo man hinschaut, läuft die Produktion auf Hochtouren, es ist nur eine Sache der Beschlüsse, die Wirtschaft zu stabilisieren. Irgendwann werden die da oben sich schon zusammenraufen ... Wenn ein Haus renoviert wird, geht doch immer alles drunter und drüber, oder?

Es ist für mich die erste zuversichtliche Stimme seit Wochen.

Die Damen wenden sich mit einem »Daj Bog« (gebe

Gott) ihrem Lieblingsthema zu, den Außerirdischen, die angeblich schon wieder wo in der Nähe gelandet seien. Während Klara Igorjewnas Mann, ein pensionierter General mit weißer Schirmmütze über der Stirn, mit auf dem Rücken verschränkten Händen zwischen den Gurkenbeeten hinundherwandert.

Er leidet, flüstert mir Lida zu. Er verkraftet die Enthüllungen über Stalins Verbrechen nicht.

Hat er denn tatsächlich an die Unfehlbarkeit der Partei, an die Richtigkeit eurer Politik geglaubt?

Es war weniger der Glaube als die Hoffnung ... Alle haben wir irgendwie gehofft, daß unsere Opfer vielleicht doch nicht umsonst waren. Das war einfacher, als sich mit einer komplizierten Wirklichkeit auseinanderzusetzen ...

Am nächsten Morgen liegt ein dicker, milchiger Nebel über dem Land. Nachts hat es ein schweres Gewitter gegeben, es hat der kurzen Augusthitze ein spektakuläres Ende gesetzt. Durch knöcheltiefen Schlamm waten wir zur Überlandstraße, deren Schlaglöcher sich in abgrundtiefe Pfützen verwandelt haben. Die wenigen Autos kommen mit braunen Wasserfontänen daher, unser Autobus gar nicht. Seufzend stehen Mütter mit ihren unruhigen Kindern im zugigen Wartehäuschen, ehe sie sich auf den Rückweg machen. Sie werden es eben morgen nochmal versuchen. Und übermorgen wieder. Irgendwann muß ja einmal ein Bus kommen ...

II

Unter den Füßen der mehlfeine Sand einer verlassenen Badebucht. Hoch über den Wipfeln sturmzerzauster Föhren das Wechselspiel von Sommersonne und Herbstwolken. In der Ferne, kaum wahrnehmbar, die Umrisse auslaufender Schiffe. Möwengezeter. Windgemurmel. Und der faulige Geruch vom Meer.

Immer wieder wandert mein Blick über die Bucht zu den zerfließenden Konturen der Stadt hin. Vergessen wollte ich, abgehauen bin ich, hier, in der freien Natur, dachte ich, würde ich loskommen von der vergeblichen Hektik dort drüben, dieser Melancholie am grauen Wasser und dem Unbegreiflichen, das dort in der Luft liegt. Aber es nützt alles nichts. Die Erlebnisse der letzten Tage lassen sich nicht verdrängen ...

Wenn Rita frühmorgens das Haus verläßt, dann schlägt ihr die Häßlichkeit wie eine geballte Faust ins Gesicht: aufgerissene Straßen, herumliegende Kanaldeckel, windschiefe Kioske, rupfige Bäume, vernagelte Hauseinfahrten, kaputte Busse, wütende Menschen.

Wenn sie eine Stunde später in die Arbeit kommt, ist es, als tauche sie in eine Traumwelt ein, und Glanz und Glorie rauben ihr täglich aufs neue den Atem: prunkvolle Stiegenaufgänge, blitzende Spiegel, Schnörkel und Zierat, kostbares Geschirr, herrlicher Schmuck, Schätze, die Jahrtausende überdauerten. Und dann sind aller Gestank und Dreck vergessen.

Seit über zwanzig Jahren schon ist sie Kustos in der Leningrader Eremitage, einem der bedeutendsten Kunstmuseen der Welt, zuständig für die Sammlung westeuropäischer Porträts. Wo ist sie mit »ihren« Bildern nicht schon überall gewesen? In Japan war sie Gast des sowjetischen Botschafters, auf Kuba stand ihr der Chauffeur Fidel Castros zur Verfügung, im eigenen Land sorgte sie mit ihren originellen Ausstellungskonzepten für Schlagzeilen. Und wer dieser eleganten Dame begegnet, würde niemals glauben, daß ihr einziges Zuhause ein winziges Kämmerchen ist und es in ihrer Mehrparteienwohnung nicht einmal ein Badezimmer gibt; acht Menschen, die weder miteinander verwandt noch befreundet sind, teilen sich dort nicht nur das reparaturbedürftige Klosett, den uralten Herd und das Telefon, sondern stellen sich zweimal am Tag vor der Küchenabwasch zum Zähneputzen an.

So also lebt Rita, aufgewachsen in einem sibirischen Verbannungsort, lebt Rita, meine Freundin aus früherer Zeit.

Mit einer geknickten Margerite ist sie vor einer Woche auf dem Bahnhof gestanden, immer noch die jugendliche Erscheinung, der man die fünfzig Jahre nicht glauben möchte, hat mich stürmisch in die Arme geschlossen. Wir haben uns in diesem Sommer, in dem ich sie nach Jahren erstmals wieder besuche, viel zu erzählen. Ich – was aus uns im Westen geworden, sie – was heute in Leningrad alles los ist.

Was heißt da überhaupt Leningrad? Es ist nur mehr eine Frage der Zeit, daß aus der Stadt des Proletariats wieder die Stadt der Aristokratie wird. Schon längst scheut sich keiner mehr, von Sankt Petersburg zu sprechen und die Traditionen von Zar und Kirche hochleben zu lassen. Lenins historisches Wirken kostet die Intellektuellen dagegen nur ein mildes Lächeln, die legendäre »Aurora« zum Beispiel, das zum Museum umfunktionierte Schlachtschiff, dessen Salven die Revolution angeblich einleiteten, steht heute an letzter Stelle im offiziellen Stadtbesichtigungsprogramm.

Dieses Petersburg also gleicht heute in der Tat jenem verendenden edlen Tier, als das es in einem Lied besungen wird. Immer noch zeugen seine Silhouetten diesseits und jenseits der Newa im durchsichtigen Blau eines zum Greifen nahen Himmels von großer Vergangenheit, die prächtigen Fassaden am Wasser von europäischem Kunstsinn, von erlesenstem Geschmack. Immer noch geht von den steinernen Brückchen, den dunklen Kanälen, den verträumten Parks mit ihren alten Skulpturen dieses gewisse Etwas aus, das die Touristen aus aller Welt süchtig macht. Doch der Verfall, der Untergang, er läßt sich nicht verdrängen, er ist programmiert.

Auf Sumpf, Blut und Knochen ist unsere Stadt gebaut! sagt Nina, Ritas Kollegin. Gemeint ist damit der Gewaltakt Peters des Großen, der vor knapp dreihundert Jahren in der denkbar ungünstigsten Gegend eine Metropole aus dem Morast stampfte, wie sie die Welt noch nicht gesehen hatte.

Auch Nina ist eine engagierte Eremitagemitarbeiterin, und wenn man sie so reden hört, zweifelt man nicht daran, daß sie die ihr anvertrauten Bestände im Notfall mit ihrem Leben verteidigen würde. Die Kunstexpertin mit dem Gesicht einer Madonna hat zum Tee in ihren Fundus geladen. Millionenschätze aus besseren Zeiten stapeln sich hier bis zur Decke: Kandelaber, Luster, Spiegel, Standuhren, Tischdekorationen, Kannen, Zierteller – alles aus kunstvoll gearbeiteter Bronze. Sie öffnet den Deckel einer mit phantastischen Goldapplikationen versehenen Bodenvase und holt der Reihe nach heraus: Brot, Kuchen, Keks, Zucker, Tee und einen Tauchsieder. Da kommen die Mäuse nicht dazu, meint sie gelassen. Und das da (sie zeigt auf den Tauchsieder) ist mein größter Schatz. Wenn die Feuerpolizei den findet, bin ich geliefert! ...

In einer verbogenen Emailkanne wird Wasser gekocht und Ninas Schreibtisch gedeckt, über dem ein Photo Sacharows aus dessen Verbannungszeit prangt. Matt schimmert edelstes Metall durchs staubige Vitrinenglas, während Brote gestrichen und Gurken und Tomaten aufgelegt werden.

Wurst könne sie leider keine anbieten, meint Nina sarkastisch, sie sei nämlich nicht dazugekommen, im Wald danach zu suchen. Mir bleibt das Lachen im Hals stecken. Dann stimmte also, wovon schon in Moskau gemunkelt wurde, nämlich, daß die aus den Läden verschwundenen Würste regelmäßig irgendwo in der Umgebung vergraben würden?

Sie wollen uns aushungern ...

Wer – sie?

Ich bekomme keine Antwort, denn am anderen Ende des Tisches wird heftig über den Sinn und Unsinn des Handlesens diskutiert, und damit ist man auch schon bei Poltergeistern, Ufos und einem Leben nach dem Tod.

Von Rasputin ist auf einmal die Rede, dessen unheilvoller Geist immer noch in der Stadt lebendig sei, vom letzten Zaren, der Ausrottung seiner Familie. Ihre sterblichen Überreste sollen unlängst entdeckt worden sein, die Überführung und feierliche Beisetzung in der Peter-und-Pauls-Festung sei nur eine Frage weniger Monate, behauptet Kolja.

Kolja ist ein Bekannter von Rita, den diese (wie übrigens auch mich) durch den Hintereingang, vorbei an gähnenden Milizionären und strickenden Weiblein – unkündbaren Uraltbeständen der Eremitage – hereingelotst hat. Der erklärte Monarchist erzählt ausführlich und todernst von der Gründungsversammlung seiner Partei in einem Moskauer Kloster, wo die Sympathisanten in den alten Kadettenuniformen ihren Eid auf die zaristische Fahne geschworen und ihr Programm festgelegt hätten, um den letzten noch lebenden Sproß der Romanows, in Paris wohnhaft, auf den Thron zu bringen.

Ob er denn tatsächlich daran glaube? wage ich einzuwerfen.

Wir müssen dort anknüpfen, wo wir 1917 zu existieren aufgehört haben. Alles hat damals aufgehört: die Kultur, die Moral, die Geschichte. Es ist unsere einzige Chance. Ich bin überzeugt, wenn wir Russen uns auf uns selbst besinnen, auf unsere Wurzeln, unsere historische Bestimmung, dann schwöre ich euch, wird das 21. Jahrhundert das Jahrhundert Rußlands sein ... Es findet ein gigantisches Umdenken statt. Endlich traut sich auch unsere Presse daran zu erinnern, daß es zehn ganze Jahre gedauert hat, bis der Putsch von 1917 als heilige Oktoberrevolution heroisiert wurde, daß Lenin in seinen Anfängen ja doch nichts anderes war als ein Terrorist, sein Idealismus ein Riesenschwindel ...

Es klopft an der Türe. Wäre dies vor ein paar Jahren in einem solchen Augenblick geschehen, so wäre der erste Gedanke der Anwesenden gewesen, daß der KGB alles mitgehört hat und es gleich Verhöre und Durchsuchungen geben wird. So aber läßt Nina nur gekonnt ihren Tauchsieder verschwinden, ehe sie öffnet, und ist erleichtert, als statt der Feuerpolizei eine junge Kollegin dasteht, die bloß ein Schriftstück abholen will.

Dieses ist natürlich nicht fertig, weil Nina ihre Teestunde hat, aber die Kollegin ist dafür herzlich eingeladen, daran teilzunehmen. Die scheint bloß darauf gewartet zu haben und sagt begeistert zu – niemand scheint sie an ihrem Arbeitsplatz zu vermissen – und bedankt sich mit dem neuesten Eremitagetratsch: wer mit wem, einstürzende Decken, vergeudete Gelder, durchdrehende

Mitarbeiter, ja und schon wieder sei ein unersetzliches Gemälde durch die Außenwand angebohrt worden, weil man sich mit dem Loch für die neue Klimaanlage verschätzt hätte ...

An all das muß ich denken, als mich Rita am nächsten Tag offiziell durch die Galerien führt. Eine unübersehbare Menschenmenge schiebt sich durch die prächtigen Hallen. Nur ein Raum bleibt von den Besuchern unbeachtet – eine Sonderausstellung. Niemand scheint sich dafür zu interessieren, obwohl das kleine Land, dessen Schätze hier zu bewundern sind, seit einigen Tagen nicht mehr existiert und das, was dort passiert, die ganze Welt in Atem hält. Ja, von Kuwait ist die Rede, von dem vielleicht nicht mehr übrigbleiben wird, als die paar orientalischen Teppiche und Vasen hier.

Rita zieht mich an der Hand durchs Gewühl. Plötzlich Scherbengeklirr – ein Museumsangestellter hat vor uns ein Glasgefäß fallengelassen und ist auch schon auf der Suche nach einer Putzfrau verschwunden. Rita ist entsetzt, sieht »ihren« kostbaren Parkettboden durch die Scherben in Gefahr, die von den unachtsamen Besuchern eingetreten werden könnten, und macht sich daran, sie aufzuklauben. Mit blutigen Fingern steht sie dann da – nirgends ein Papierkorb. Der Bedienstete aber, den sie danach fragt, zeigt auf ein Fenster. Schmeißen Sie es da hinaus, sagt er dann wohlmeinend. Wir schmeißen immer alles da hinaus! ... Empört wendet sich Rita ab und setzt, mit den Scherben in der Hand, ihre Führung fort.

Spätabends kommt Rita noch einmal auf diesen Vorfall zurück: Es ist nicht unsere Rückständigkeit, unsere Armut, die mir zu denken gibt, sondern unsere Barbarei. Kein Wunder auch – die Intelligenzia ist entweder liquidiert oder in die Emigration getrieben worden, was zurückblieb, ist Abschaum, unfähig, irgendein Problem zu lösen! ...

Und damit sind wir auch schon wieder, wie überall, wo man heutzutage in der Sowjetunion hinkommt, bei Versorgungskrisen, Kriminalität, Umweltkatastrophen und der ungewissen Zukunft. Ich möchte endlich wissen, wie das mit dem Aushungern gemeint gewesen sei. Ja, sagt Rita, man hat den Eindruck, daß die Hochburgen der Perestrojka, Moskau und Leningrad, mit ihren reformfreudigen neuen Bürgermeistern, bewußt isoliert und die Zulieferungen aus dem Hinterland sabotiert werden. Es sieht nicht gut aus. Aber das Schlimmste haben wir noch vor uns ...

Seufzend schlägt sie mein Klappbett auf, das den letzten freien Raum in ihrem Kämmerchen einnimmt, und macht sich dann mit einem Pantoffel in der Hand auf die allabendliche Schabenjagd in der Küche. Die Mitbewohner schlafen bereits. Als der letzte Sechsbeiner als dunkler Fleck an der Wand klebt, setzt sie nochmals Tee auf. Sie hat offenbar noch das Bedürfnis zu reden.

Wir sind Zeugen eines gigantischen Debakels, fährt sie fort. Ich persönlich halte nichts von einer Wiedergeburt Rußlands, von der soviel die Rede ist, obwohl ich doch, du weißt ja ...

Ich kenne ihre Geschichte. Rita ist Estin und hat das Schicksal zahlreicher Balten geteilt, die von Stalin in die Verbannung geschickt worden waren. Als Dreijährige ist sie mit ihren Eltern in ein Arbeitslager irgendwo im Ural gekommen, ihr kleiner Bruder hatte schon den Transport nicht überlebt. Unter größten Entbehrungen ist sie dort aufgewachsen, hat den Hunger kennengelernt, die Kälte, hat mitangesehen, wie Alte und Junge vor Erschöpfung starben. Ihre Erziehung ist russisch gewesen, das Land ihrer Geburt hat sie nur aus den Erzählungen der Mutter und den estnischen Büchern gekannt, die sie allmählich lesen lernte. Doch als sie mit neunzehn Jahren zurückkehrte, da glaubte sie, die nie gesehene Heimat allein schon an den Gerüchen wiederzuerkennen, so eindringlich hatte sie ihr die Mutter beschrieben.

Trotzdem, erzählte sie, habe sie später ihre russische Seele nie verleugnen können. Waren es die Leute dort gewesen? Das Naturerlebnis, die geheimnisvollen Wälder, in denen immer wieder Menschen verschwunden waren, der tägliche Schulweg durch die Taiga, wenn sich die Kinder mit brennenden Fackeln gegen die Wölfe schützten? Die Geborgenheit eines warmen Bettes, wenn Eiskristalle auf der Innenwand ihrer Blockhütte wuchsen? Der Genuß steinharten Brotes? Der Duft des Tees, den ihre Mutter aus Flechten braute? Nie habe sie später solche Glücksgefühle empfunden! …

Ich fühle mich verantwortlich für das Schicksal dieses Landes, sagt sie heute. Es hat eine große Vergangenheit. Und wie stark muß es sein, wie reich, wenn nach all den Kriegen, Plünderungen und Katastrophen immer noch was von seinen Schätzen übrig ist …

Dieses Petersburger Tier – flach liegt es unter einer müden Sonne, weidwund blickt es mich an aus den abgeschlagenen Wappen verlotterter Palais, Bäumchen, die aus Mauerrissen wachsen, herrlichen Griffen an verzogenen Türen. Niemand regt sich mehr über die entlang der Gehsteigkanten verlaufenden Gas- oder Wasserrohre auf, die nicht nur häßlich, sondern auch ein ärgerliches Hindernis sind, über den Abfall, den der Wind aus den überquellenden Müllcontainern bläst. Unübersehbar aber auch das verzweifelte Aufbäumen dieser geschändeten Kreatur: da ein Kirchlein, dort ein traditionsreiches Hotel in frisch renoviertem Glanz; die bunten Werbetafeln ausländischer Firmen – Joint venture heißt das

Zauberwort, von dem sich der Westen Profit und die Stadt, was heißt Stadt, das ganze riesengroße Land, das Überleben verspricht; Blasmusikkapellen und Popsänger vor den Metrostationen; eine Ausstellung »Das zaristische Petersburg«; und – eine deutsche Bierstube.

Vergeblich haben wir den Newski nach einem Kaffeehaus abgelaufen, in dem man sich ungestört unterhalten könnte. Die Maximows, auch Freunde von früher, sind extra über Hunderte Kilometer angereist, um mich zu treffen. Die wenigen Cafeterias sind verdreckt und überfüllt, die Restaurants noch geschlossen. In einer Seitengasse dann diese Entdeckung. Ein gepflegtes Lokal, ganz im westlichen Stil, und kaum ein Mensch. Du traust deinen Augen nicht, aber die Ernüchterung folgt auf dem Fuß – hier sind nur Besitzer frei konvertierbarer Währung erwünscht.

Ich als Ausländerin gehöre naturgemäß zu solchen Privilegierten, und so tauchen wir über blitzblanke Granitstufen in einen kapitalistischen Mikrokosmos ein: Eine westdeutsche Firma zeichnet hier nicht nur für Einrichtung, Geschirr und Getränke, sondern auch für eine effiziente, freundliche Bedienung verantwortlich. Eine junge Russin händigt uns beim Betreten eine elektronische Codekarte für die spätere Verrechnung aus und macht uns höflich darauf aufmerksam, daß auf den Verlust eine Strafe von fünfzig amerikanischen Dollars stehe. Und wenn ein Russe hier mit seinen letzten D-Mark auf ein Bier geht, und die Karte verliert? erkundigt sich Schenja, dem plötzlich unbehaglich geworden ist. Weiß ich auch nicht, meint das Mädchen achselzuckend.

Ich kann meine Freunde nur mit Mühe überreden, Platz zu nehmen. Nicht nur, daß sie sich zu Menschen zweiter Klasse degradiert fühlen, es ist ihnen mit ihren

Rubeln von vornherein jede Möglichkeit verwehrt, einen Ausländer zu bewirten.

Nicht einmal die traditionelle Gastfreundschaft ist uns mehr vergönnt, sagt Schenja bitter. Ohne Devisen sind wir im eigenen Land der letzte Dreck!

Aber dann lassen sich die beiden das kalte Bier und die Weißwürste doch schmecken, sind, nach Überwindung ihrer anfänglichen Unsicherheit, fasziniert von der Freundlichkeit des Kellners und der Auswahl an Speisen und fühlen sich schließlich ganz wie im Westen, den sie ja nur vom Hörensagen kennen.

Für gute zwei Stunden sind wir auf diese Weise der allgemeinen Tristesse entronnen, bei einschmeichelnder Musik hat man auch sehr schnell die Distanz der vielen Jahre, in denen man sich nicht gesehen hat, abgebaut. Alte Geschichten werden aufgewärmt, gemeinsame Bekannte besprochen, Zukunftspläne gewälzt. Daß wir das noch erleben durften, daß es keine Grenzen mehr für uns gibt, überhaupt was für ein Gefühl, endlich wieder zu Europa zu gehören! ...

Draußen vor der Tür scheint der Weg nach Europa allerdings schon an der nächsten Straßenecke zu enden. Lange, bös pulsierende Schlangen vor den Zigarettenkiosken als sichtbarer Ausdruck einer von Spekulanten geschürten Tabakkrise, Menschentrauben an den Haltestellen als Indiz für zusammenbrechenden Verkehr, leere Geschäfte, so leer, daß man vom Widerhall der eigenen Stimme erschrickt. Die Leningrader, pardon, Petersburger, haben andere Sorgen als den nächsten Zug nach Wien oder Paris.

Eine davon ist das Meer. Nein, nicht die Überschwemmungen sind gemeint, die in regelmäßigen Abständen die Stadt heimsuchen, sondern die Konsequenz eines unüberlegten Eingriffs in die Natur, um diese Gefahr zu bannen: der gewaltige Damm vor der Küste. Noch nicht fertiggestellt, zeigen sich schon jetzt die verheerenden Auswirkungen: eine stinkende Kloake die Leningrader Bucht, Klimaveränderung, Seuchengefahr. Experten warnen, Bürger protestieren, Zeitungen appellieren, Verantwortliche beschwichtigen – warum zögert man mit dem Abriß?

Niemand zweifelt mehr daran, daß der Damm schleunigst beseitigt werden müßte, erzählt mir Wassili Wassiljewitsch, Gewerkschaftsfunktionär und ehemaliges Parteimitglied, an den ich auf die Empfehlung Ritas geraten bin. Er, nur er könne mir eine Bahnkarte nach Moskau organisieren, denn ohne Beziehungen ginge jetzt, am Ferienende, überhaupt nichts.

Das Problem ist nur, daß an eine Sprengung nicht zu denken ist. Es gibt da verschiedene Versionen. Eine besagt, daß in die Betonblöcke radioaktive Abfälle eingegossen seien ...

Seine nahezu achtzigjährige Mutter, mit der der Junggeselle und glühende Solschenizyn-Verehrer zusammenlebt, seufzt: Wir haben die Blockade der Deutschen überlebt, wir werden auch das überleben!

Ihr Sohn widerspricht: Was sind schon neunhundert Tage Hungern gegen diesen Wahnsinn?

650.000 Tote. Dein Vater war darunter!

Was sich heute abspielt, ist schlimmer als Krieg! widerspricht der Sohn. Naja, mir kann es eigentlich egal sein. Ich hab ja, Gott sei Dank, keine Kinder ...

Genug der Apokalypsen, laß uns ins Kino gehen! schlage ich Rita nach dem Heimkommen vor.

Auf und ab laufen wir den Newski, quetschen wir uns durch die unzähligen Menschen, die ihn auch noch abends bevölkern. Die Schlangen vor den Geschäften sind verschwunden, dafür drängt man sich rund um

Campingtische, auf denen Kleinhändler und Spekulanten ihre Schätze ausgebreitet haben: selbstgebastelte Souvenirs, gefälschte Ikonen, verschnuddelte Playboyhefte, wie überhaupt jede Menge Pornoliteratur für einen Monatslohn das Stück, die abenteuerlichsten Parteiprogramme und, gegen Devisen, sogar Zigaretten.

Alles, alles gibt es hier, nur nicht das, was wir suchen: einen russischen Film. In den zahlreichen Kinos laufen ausnahmslos westliche Streifen, und als wir uns dann doch für einen davon entschließen, ist die straßenseitige Kasse zu. Aber Rita kennt sich aus. Durch einen düsteren Hinterhof, in dem ein Unkundiger eher eine öffentliche Bedürfnisanstalt vermuten würde, lotst sie mich in den Kinosaal.

Niemand kontrolliert hier eine Eintrittskarte, obwohl der Film eben erst angefangen hat.

Sowas gibt's auch nur bei uns, flüstert Rita im Dunkel. Und dann lassen wir uns von Robert Redford auf einen fernen Planeten entführen.

Eine kräftige Brise ist aufgekommen, bringt aus Finnland, vielleicht aus Schweden, frische Gerüche mit. Quietschend schaukeln die verwaisten Strandbänke an ihren Ketten, die frühherbstliche Nachmittagssonne wirft ein versöhnliches Licht über die stille Bucht. Ein Strandcafé, offensichtlich seit Jahren geschlossen, dämmert mit lädiertem Dach und blinden Scheiben seinem Verfall entgegen, die mächtigen Wurzelstöcke am Waldrand, unterwaschen von einer Brandung, die sich heute irgendwo am Horizont totläuft, liegen bloß, riesigen, vergeblich im Sand um Halt ringenden Krallen gleich. Die wenigen Ausflügler sind wohl die letzten der Saison.

Vielleicht ist, was ich gehört habe, bloßes Gerede, Panikmache. Vielleicht bilde ich mir das alles nur ein?

Ziellos, und mit meinen Gedanken schon wieder bei praktischen Dingen, nämlich, ob das mit meiner Fahrkarte auch in Ordnung geht, wandere ich den Wassersaum entlang und mache schließlich Halt vor einem schief im Boden steckenden Schild: Baden verboten! ...

Epilog

Brest im Herbst. Es ist Sommer gewesen, als ich hier, vom Westen kommend, eintraf. Jetzt treiben gelbe Blätter, vermischt mit Zeitungsfetzen, über den leeren Perron. Schwarze Vögel umflattern den Ährenkranz des sowjetischen Staatswappens auf dem spitzen Dach des Grenzbahnhofs. Grau der Himmel, grau die Stadt. Oder liegt das am Schmutz, der die Scheibe meines Abteilfensters mit einer dicken Schicht bedeckt?

Seit Stunden schon steht der Zug, mein Reisebegleiter ist längst dem Blick entschwunden. Und doch will er mir nicht aus dem Kopf, der markige Oberst in Zivil, weiße Hose, weißes Hemd, und seit Jahren in Polen stationiert. Wie hat er zu mir gesagt, als ich ein letztes Mal auf die Wirtschaftsmisere zu sprechen kam? Ach was, hat er gesagt, man muß bloß wissen, wie man Geld macht. Ich, zum Beispiel, weiß es ...

Noch vor kurzem wäre ein solches Bekenntnis zum primitivsten Kapitalismus einem Ausländer gegenüber undenkbar gewesen, besonders wenn es von einem Vertreter der Streitmächte kam. Aber was wäre vor kurzem nicht alles undenkbar gewesen! Für alle Zeiten schien die Diktatur in diesem Land konserviert, zementiert, schienen sich die Menschen mit Bevormundung, Propaganda und Heuchelei abgefunden zu haben.

Die Zauberformel »Perestrojka« hat diesen Monolithen, den die Utopie schmiedete, über Nacht in ein morsches Gebälk verwandelt. Aus der Ordnung des Zwanges ist das Chaos der Freiheit geworden. Bitterkeit macht sich breit, wo eben noch Euphorie herrschte. Hat man wirklich geglaubt, mit diesem russischen Ausdruck für Umbau ein abbruchreifes Haus sanieren zu können? Die Abgründe der Realität haben sich aufgetan. Man wird nicht nur neue Mauern, man wird überhaupt ein neues Fundament brauchen.

Die Fahrgestelle der Waggons sind endlich ausgewechselt, mein Zug auf europäische Spurweite umgestellt und abfahrbereit. Schon liegt es hinter mir, ist es ein abgeschlossenes Kapitel, dieses Land der Ungewißheit, und das Überschreiten seiner Grenze wird sein wie das befreite Erwachen aus einem schweren Traum.

Wird es das wirklich? Nein, denn es gibt keine Grenze mehr, die das Bewußtsein teilt, keinen Eisernen Vorhang, hinter dem sich eine Ideologie noch verschanzen könnte. Es gibt kein Verdrängen, keine Täuschung mehr – auch für meine »heile« Welt da drüben nicht. Alles, was diesseits gedacht wird, wird auch jenseits gedacht. Alles, was diesseits geschieht, wird auch jenseits nicht ohne Folgen bleiben. Und wie immer dieses Wagnis, einen historischen Irrtum zu korrigieren, auch ausgehen mag – die Bruchstelle zwischen Ost und West, über die mein Zug nun rollt, scheint fürs erste geflickt. Denn auf der einst so schwer bewachten Brücke über den Bug ist kein Soldat zu sehen.